KB050405

# 현대무림

# 현대무림 <sub>3</sub>

**초판 1쇄 인쇄일** 2018년 2월 09일 ㅣ **초판 1쇄 발행일** 2018년 2월 14일

**지은이** 조휘 ㅣ **펴낸이** 곽동현 ㅣ **담당편집 팀장** 이범수
**편집부** 신연제 김예리 이윤아 홍현주 김유진 조서영 임소담 정요한 김미경 박수빈

**펴낸곳** (주)조은세상 ㅣ **출판등록** 제 2002-23호
**주소** 경기도 연천군 미산면 청정로 1355
TEL 편집부 02)587-2966 ㅣ FAX 02)587-2922
e-mail bukdu@comics21c.co.kr

조휘 ⓒ 2018
ISBN 979-11-6171-612-1 ㅣ ISBN 979-11-6171-609-1(set) ㅣ 값 8,000원

※잘못 만들어진 책은 바꿔 드립니다.
※저자와의 협의에 의해 인지는 생략합니다.

# 현대무림

조휘 현대판타지 장편소설

NEO MODERN FANTASY STORY

3

북두
(주)좋은세상

# 조휘 현대판타지 장편소설

NEO MODERN FANTASY STORY

# CONTENTS

## 1장. 라이징 스타

모자를 푹 눌러쓴 여자가 간절한 목소리로 애원했다.

"도와주세요!"

여자를 찾는 중인 듯 도로를 서행하던 검은 밴에서 덩치들이 튀어나왔다. 모두 세 명이었다. 머리를 박박 민 대머리 사내, 얼굴에 여드름 자국이 가득한 청년, 턱수염을 기른 30대 사내였다. 대뜸 인도에 뛰어든 그들은 여자를 쫓았다.

우건은 흠칫했다.

당연히 덩치가 무서워서는 아니었다.

우건은 강호를 행도하던 중에 이런 경험을 두 차례 했다.

한 번은 강호에 갓 나왔을 때였다. 길옆에서 도와달라는 여자 목소리가 들려 달려갔는데 여자가 보이지 않았다. 대신, 무기를 든 흑도 패거리 20명이 킬킬거리며 그를 반겼다. 패거리 중 하나가 여자 목소리로 우건을 유인한 모양이었다.

물론, 놈들은 우건을 속인 대가를 톡톡히 치렀지만 강호 초행인 우건의 마음을 얼어붙게 만드는 시작과 같은 사건이었다.

두 번째는 진짜 여자가 달려와 그에게 도와 달라 부탁했다. 여자의 표정과 몸짓, 목소리가 너무나 간절했다. 이번은 진짜라는 생각에 여자를 쫓아온 사파 고수들을 막아섰다.

그때였다. 도와 달라 청한 여자가 갑자기 돌변하더니 뒤에서 암기를 던졌다. 독을 묻힌 암기가 우건의 명문혈에 박혔다. 우건이 지닌 태을문의 보검과 비급을 강탈하기 위해 암계를 꾸몄던 것이다.

태을혼원심공의 현묘한 공능 덕분에 구사일생으로 살아난 우건은 뒤에서 기습한 여자와 그 여자를 쫓는 척하며 우건을 속여 넘긴 사파 고수 11명을 일일이 찾아 모두 복수했다.

복수행을 끝낸 우건은 혈검선이라는 별호를 얻었다. 그리고 남을 믿지 않는 냉정한 성격으로 변했다.

사부 천선자는 우건의 급작스러운 변화에 많은 우려를 표했다. 그러나 바뀐 성격은 원래대로 돌아가기가 힘든 법이었다.

　우건은 옛 생각이 떠올라 잠시 상념에 젖어 있었다. 한데 도움을 청한 여인에게는 그게 겁에 질린 모습처럼 보인 듯했다.

　우건을 지나친 여인이 어둠에 잠긴 거리 반대편으로 도망쳤다.

　밴에서 내린 덩치들은 그런 여인을 쫓기 위해 속도를 높였다.

　우건은 유수영풍보를 펼쳤다.

　휙!

　그 순간, 1미터 뒤에 있던 우건이 사라졌다가 덩치 앞에서 다시 나타났다. 마치 시간을 몇 초 전으로 돌린 것처럼, 우건은 한 줄기 산들바람으로 변해 사내 세 명 사이를 통과했다.

　"비켜!"

　고함을 지른 대머리가 주먹으로 우건의 얼굴을 쳐왔다.

　우건은 손바닥을 펼쳐 대머리의 주먹을 움켜쥐었다.

　"어?"

　대머리의 눈에 의아함이 깃드는 순간.

　퍽!

우건은 오른다리로 대머리의 정강이를 후려쳤다.

내력은 싣지 않았다.

그러나 대머리의 정강이를 박살내는 데 전혀 문제없었다.

"으악!"

비명을 지른 대머리가 3미터 뒤로 날아가 데굴데굴 굴렀다.

"이 새끼가!"

여드름 자국이 가득한 청년이 오른발로 우건의 허리를 차왔다.

오른발이 우건의 허리에 닿으려는 찰나.

우건은 왼팔을 앞으로 쭉 뻗었다.

청년의 오른발이 먼저 동작에 들어갔으나, 우건의 왼팔이 그보다 반 박자 더 빨랐다.

퍽!

우건의 왼 손바닥이 청년의 가슴을 가볍게 밀어내는 순간, 붕 날아오른 청년이 도로와 인도를 분리하는 난간에 부딪쳤다. 뒤통수를 제대로 맞은 듯 입에 거품을 물며 기절했다.

우건을 제외한 다른 사람들은 전혀 예상하지 못한 상황이었다.

턱수염을 기른 30대 사내가 뒤로 물러섰다. 뒤를 돌아보며 도망치던 여자 역시 속도를 줄이다가 완전히 멈춰 섰다.

비명을 지르며 바닥을 데굴데굴 구르는 대머리와 눈이 풀린 얼굴로 난간에 기댄 채 쓰러진 청년을 번갈아 보던 턱수염이 고개를 돌려 우건을 쳐다보았다. 우건을 보는 그의 눈빛에는 복잡 미묘한 감정이 담겨 있었다. 사내는 결정을 내린 듯 두 팔을 들어보였다. 공격할 의사가 없다는 표시였다.

사내는 먼저 기절한 청년의 뺨을 몇 번 후려쳤다. 청년이 신음소리를 내며 정신을 차렸다. 사내는 정신이 돌아온 청년과 함께 정강이가 부러진 대머리를 부축해 밴으로 돌아갔다.

우건은 돌아가는 턱수염에게 기세를 살짝 쏘았다.

턱수염이 고개를 홱 돌리며 바로 방어 자세를 취했다.

그러나 곧 우건의 속임수임을 깨달은 듯했다.

쓴웃음을 지은 그는 돌아가는 발길을 서둘렀다.

'무공을 익혔군.'

우건은 흥미로운 눈으로 그들을 지켜보았다.

세 명 모두 무공을 익힌 흔적이 있었다.

대머리와 청년은 내력이 일천해 흔히 말하는 하류잡배에 불과했지만 우두머리로 보이는 턱수염은 달랐다. 그는 우건이 쏜 기세에 반응할 만큼, 제법 모양새를 갖춘 무인이었다.

밴에 탄 그들은 삼거리 밖으로 차를 몰았다. 그러나 우건은 그들이 근처 어딘가에서 여인을 계속 감시 중임을 알았다.

그때, 모자를 쓴 여인이 쭈뼛거리며 다가와 머리를 푹 숙였다.

"죄송해요. 그리고 좀 전의 일은 감사했어요."

그녀가 좀 전의 일에 대한 감사 인사를 막 했을 때였다.

수연의원 방향에서 익숙한 목소리가 들려왔다.

"사형?"

우건은 고개를 돌려 목소리의 주인공을 찾았다. 눈을 크게 뜬 수연이 총총걸음으로 걸어와 우건과 여인을 번갈아 보았다.

수연이 여자에게 먼저 인사를 건넸다.

"안녕하세요."

여인 역시 쭈뼛거리며 인사를 나눴다.

"아, 안녕하세요."

수연이 목소리를 낮춰 우건에게 물었다.

"그런데 누구예요?"

수연의 말을 들은 듯 여인이 대신 대답했다.

"제가 나쁜 사람들에게 쫓기고 있을 때 이분이 도와주셨어요."

수연이 딱한 표정으로 여인을 보며 물었다.

"경찰에 신고할 건가요? 혼자하기 부담스러우면 도와줄게요."

여인이 손사래를 쳤다.

"아, 아니 괜찮아요."

"음, 그럼 집은 어디에요? 멀지 않으면 차로 태워다 드릴 게요."

여인이 잠시 머뭇거리다가 대답했다.

"혹, 혹시 실례가 안 된다면 하룻밤만 재워주실 수 있을까요?"

수연이 눈을 깜박이며 물었다.

"우리 집에서요?"

"예……."

"그 나쁜 놈들이 집까지 찾아올까봐 그래요?"

"그것도 그렇고……."

잠시 고민한 수연이 이내 고개를 끄덕였다.

"하룻밤 재워주는 거야 어렵지 않죠. 날 따라와요. 이쪽 이에요."

"고맙습니다."

수연은 여인을 집에 데려가며 물었다.

"이름이 뭐예요?"

여인이 당황해 되물었다.

"이, 이름이요?"

"이름을 알아야 부르기가 편하지 않겠어요? 전 수연이에요. 오수연. 그리고 방금 전 아가씨를 도와준 분은 우건이고요."

"전 이은…… 이은수(李恩壽)예요."

"아, 은수 씨구나."

은수가 갑자기 수연 옆에 바짝 붙으며 친근한 목소리로 물었다.

"언니라고 불러도 괜찮죠?"

수연은 은수가 갑자기 적극적으로 나와 약간 당황한 듯했다.

하지만 수연 역시 싫지 않은 듯 그녀에게 미소를 지어보였다.

"그래요. 그게 편하면 그렇게 해요."

"말씀 놓으세요."

"그럴까?"

"네."

수연이 2층 문을 열며 물었다.

"그런데 어떻게 하다가 그 나쁜 사람들에게 쫓기게 된 거야?"

"그건 사정이 있어서……."

"괜찮아. 대답하기 힘들면 안 해도 돼."

"죄송해요."

집에 들어온 수연이 은수를 빈 방에 데려갔다.

"이 방을 쓰도록 해."

은수가 다시 한 번 머리를 숙였다.

"고맙습니다."

"매번 그럴 필요 없어."

은수의 어깨를 다독여준 수연이 잠옷을 몇 개 가져왔다.

"내가 입던 것들인데 잘 맞을지 모르겠네."

"잘 입을게요."

"배고파?"

"조금요."

"밥 차려줄 테니까 얼른 씻고 와."

"네."

잠옷을 건넨 수연이 방문을 닫고 나가기 무섭게 은수는 벽에 기대듯 쓰러졌다. 은수는 손을 들어 눈앞으로 가져갔다. 손가락이 덜덜 떨렸다. 조금 전 일을 생각하면 지금 상황이 꿈처럼 느껴졌다. 은수는 푹 눌러쓴 야구 모자를 벗었다.

그 순간, 찰랑거리는 머리카락이 쏟아져 나오며 이제 막 20대에 접어든 것 같은 풋풋한 얼굴이 드러났다. 화장기 거의 없는 얼굴에 깨끗한 피부, 차분한 느낌의 이목구비가 싱그럽기 짝이 없어 마치 꽃망울이 막 터진 붓꽃을 보는 듯했다.

은수는 배에서 나는 꼬르륵 소리를 듣고는 얼굴이 새빨개져 얼른 옷을 갈아입었다. 수연이 준 잠옷은 그녀에게 상당히 큰 편이었지만 지금은 찬밥 더운밥을 가릴 처지가 아니었다.

우건은 소파에 엉덩이를 붙이기 무섭게 질문세례부터 받았다.

"지금까지 계속 진 형사님과 있었던 거예요?"

우건은 수연을 속일 마음이 애초에 없었다. 바로 진이연을 만나 무엇을 했는지, 무슨 얘기를 나눴는지 솔직히 털어놓았다.

우건의 대답을 들은 수연이 걱정스런 기색으로 물었다.

"그럼 특무대가 사형을 의심하는 거예요?"

우건은 고개를 가로저었다.

"아직 의심일 뿐이야. 그들이 먼저 건드리지 않으면 나역시 그들을 건드릴 생각이 없어. 그리고 진 소저가 가운데서 잘 조정할 거야. 그들이 날 건드려봐야 좋을 게 없을 테니까."

수연이 눈을 살짝 흘겼다.

"진 형사님을 꽤 의지하는군요."

"이곳은 내가 살던 세계와 달리 정부 힘이 막강한 편이야. 또, 공권력 역시 비교할 수 없을 만큼 강하지. 경찰에 아는 사람이 있으면 앞으로 귀찮은 일을 꽤 피할 수 있을 거야."

피식 웃은 수연이 물었다.

"누가 뭐랬어요? 참, 저녁은 먹었어요?"

"아직."

"그럼 은수가 씻고 나오면 같이 먹어요."

우건은 주방으로 들어가는 수연에게 물었다.

"한데 어떻게 알고 나온 거야?"

"거실에서 공부하고 있는데 비명소리가 들리는 거예요."

"비명소리를 들었어?"

"들었어요. 그래서 무슨 일이 생겼나 해서 나가봤던 거예요."

대답한 수연은 별일 아니라는 듯 주방에 들어가 식은 국을 데우기 시작했다. 그러나 우건은 그렇게 생각하지 않았다.

우건은 수연의 청각이 남다르단 사실을 처음 깨달았다. 심법을 익혔다고는 하지만 아직 걸음마단계에 불과할 뿐이었다.

한데 이곳 거리로 200미터가 넘는 거리에서 들려온, 그렇게 크지 않은 비명소리를 듣고는 그 위치를 정확히 찾아왔다.

우건은 주방에 서 있는 수연을 보다가 다시 천장을 바라보았다.

설린 역시 지금의 수연처럼 청각이 아주 발달해 깜짝 놀란 적이 한두 번이 아니었다. 어렸을 때는 아주 멀리서 들려온 천둥소리를 듣고 무섭다며 보챘는데, 당시 사부님 외에는 천둥소리를 들은 사람이 한 명도 없었다. 입문한 지

오래라 심법이 어느 정도 경지에 올랐던 대사형 조광과 이 사형 한엽조차도 천둥소리를 전혀 눈치 채지 못했다.

조광과 한엽이 사부님에게 달려가 울며 보채는 설린을 놀렸지만 그들은 잠시 후 들려온 천둥소리에 입을 다물어야 했다.

'외모만 닮은 게 아니었단 말인가?'

우건은 점점 더 모르겠다는 생각이 들었다.

잠시 후, 목욕을 마친 은수가 어색한 듯 쭈뼛거리며 나왔다.

우건은 수연의 잠옷으로 갈아입은 은수의 모습에 놀라움을 금치 못했다. 모자를 깊이 눌러쓴 모습만 계속 본 탓에 그녀의 얼굴을 제대로 볼 기회가 없었다. 머리카락에 물기가 조금 남아 있는 그녀의 모습은 청초하기 이를 데 없었다.

수연 역시 적잖이 놀란 듯했다.

"어머, 완전 딴 사람이 됐네. 너무 예뻐."

"고, 고마워요."

"참, 잠옷은 맞아?"

"예, 입을 만해요."

"이리 와서 밥 먹어. 사형도 얼른 손 씻고 와요."

"그래."

수연은 식탁에 앉은 우건과 은수에게 국을 퍼주었다.

은수는 부끄러움을 약간 타는 듯 조용히 식사했다. 그리고 우건은 원래 말이 많지 않은 편이라, 수연이 거의 혼자 말했다.

수연이 은수를 보며 다시 감탄했다.

"다시 봐도 너무 예쁜걸."

은수가 배시시 웃었다.

"언니가 더 아름다워요. 배우라고 해도 믿겠어요."

"그래?"

"그럼요."

씩 웃은 수연이 고개를 돌려 우건을 보았다.

"사형은 둘 중 누가 더 예쁜 것 같아요?"

"글쎄."

우건은 딴청을 피우며 마지막 남은 밥을 얼른 비웠다.

두 여인은 그런 우건을 보며 자기들끼리 키득거렸다.

여자들끼리는 금세 친해지는 모양이었다.

식사를 마친 후, 세 사람은 거실로 자리를 옮겨 대화를 나눴다.

커피를 받아든 은수가 수연에게 물었다.

"그런데 두 분은 어떤 관계예요?"

"룸메이트야."

"아, 그렇군요."

"왜? 이상해?"

"두 분이 부부처럼 너무 잘 어울리시는 것 같아서요."

수연이 자기 이마를 짚으며 한숨을 쉬었다.

"쾌영문 문주 같은 사람이 또 있었군."

"쾌영문 문주가 누구예요?"

"그런 사람이 있어."

그때였다.

두 여인의 수다를 말없이 듣던 우건이 처음으로 질문을 던졌다.

"그들은 누구요?"

당황한 듯 입술을 살짝 깨문 은수가 수연을 보았다.

도움을 청하는 눈빛이었다.

수연이 은수의 어깨를 토닥이며 설득했다.

"무슨 일인지는 모르지만 혼자 해결하기 힘든 일이라면 털어놓는 게 어때? 우리가 도와줄 수 있는 일이라면 도와줄게."

은수가 한숨을 쉬며 대답했다.

"두 분을 믿고 말씀드릴게요. 그들은 노름꾼이 보낸 부하예요."

수연이 고개를 갸웃거렸다.

은수는 노름할 사람처럼 보이지 않았다.

아니, 노름에 빠지기엔 나이가 너무 어렸다.

수연이 급히 물었다.

"그들이 왜 너를 쫓는 거야?"

은수는 고개를 떨어뜨렸다.

"아버지가 노름을 좋아하세요."

"그럼 아버지가 진 노름빚 때문에 그들이 널 잡으러온 거야?"

"아버지가 빚을 갚지 못하니까 제가 대신 갚아야 한데요."

"경찰에 신고는 했어?"

고개를 저은 은수가 떨리는 목소리로 대답했다.

"경, 경찰에 신고하면 아버지를 죽이겠데요."

"그들에게 아버지가 잡혀 있는 거야?"

은수가 다시 고개를 떨어트렸다.

"아버지를 구하려면 제가 몸을 팔아서 돈을 마련해야 한데요."

수연이 놀라 물었다.

"몸을 판다니? 설마……."

"어디에 팔려는 건지는 모르지만 그렇게 들었어요."

"그래서 도망 다녔던 거구나."

갑자기 고개를 든 은수가 간절한 표정으로 수연을 보며 물었다.

"혹시 이 근처에 원 씨 성을 쓰는 분이 계신가요?"

"원 씨 성?"

"예, 원 씨 성이요."

수연은 바로 원공후가 떠올랐다.

그러나 그 전에 자초지종을 더 들어볼 생각으로 물었다.

"원 씨 성을 가진 사람은 왜 찾는 거야?"

"아버지가 원 씨 성을 가진 분의 부하 노릇을 한 적이 있대요. 다행히 아버지 옛날 수첩에서 다행히 그분의 주소를 발견했는데, 그분이라면 아버지를 구할 수 있을 것 같아 찾아다니던 중이었어요. 그러나 이미 이사를 가고 안 계시더군요. 그래서 그 집에 살고 있던 사람에게 그분이 어디로 이사 간지 아냐고 물었는데 이 거리의 주소를 가르쳐주는 거예요. 원 씨라는 분이 이사 갈 때 우편물이 혹시 옛 주소로 올 수 있으니까 새 주소로 보내달라고 하면서 주소를 가르쳐 주었대요."

수연이 이제야 알겠다는 듯 고개를 끄덕였다.

"그래서 이 동네에 왔던 거구나."

"맞아요. 그 사람들이 제 뒤를 쫓는지도 모르고 동네를 돌아다니며 원 씨 성을 가진 분을 지금까지 계속 찾아다녔어요."

이번엔 우건이 물었다.

"그 사람이 소저 아버지를 구해줄 거라 생각한 이유가 뭐요?"

"제가 어렸을 때, 아버지가 술에 취해 기분이 좋을 때면 그분에 관한 이야기를 가끔 해주셨어요. 그분은 손이 바람처럼 빨라 수십 명이 달려들어도 그분 하나를 못 당한다고 했어요."

수연이 전화기에 손을 뻗으며 말했다.

"지금 당장 원 씨라는 분을 만나게 해줄게."

"정, 정말요?"

"그분이 바로 요 앞에 살거든."

원공후는 정확히 3분 후에 도착했다.

"제가 아는 사람의 딸이 여기 있다는 말이 사실입니까?"

"일단 안으로 들어오세요."

거실 안을 둘러보던 원공후가 은수를 보더니 살짝 멈칫했다.

은수가 얼른 일어나 인사했다.

"처음 뵙겠습니다. 이은수예요."

"네가 경준(慶俊)이 딸 은수라고?"

"예, 제가 그분의 딸이에요."

원공후가 뭔가를 회상하는 듯 아련한 목소리로 말했다.

"경준이에게 귀여운 딸이 있다는 말은 귀에 못이 박히게 들었다만 네가 벌써 이렇게 장성했을 줄은 몰랐구나. 그러고 보니 내가 경준이를 마지막으로 본 게 벌써 10년이 넘었어."

수연이 원공후에게 자리를 권했다.

"앉아서 천천히 얘기 나누세요."

"사양하지 않겠습니다."

소파에 앉은 원공후가 은수를 자기 옆에 앉혔다.

"그래, 나를 찾아온 이유가 무엇이냐?"

은수는 원공후에게 그 간의 사정을 설명했다.

원공후가 혀를 차며 물었다.

"쯧쯧, 그놈이 또 노름에 손을 댔구먼. 내가 그렇게 말렸건만."

은수가 간절한 얼굴로 청했다.

"몇 달 전까지는 착실하게 식당을 운영하셨어요. 아마 제가 모르는 사정이 있을 거예요. 아버지를 버리지 말아주세요."

한숨 쉰 원공후가 물었다.

"그럼 제수씨는?"

"1년 전에 병에 걸려 돌아가셨어요."

"분명 화병이었을 게야. 그렇고말고."

탄식을 토한 원공후가 뭔가 생각난 듯 급히 물었다.

"내가 해 준 집과 식당은 그대로 있느냐?"

은수가 고개를 푹 숙였다.

"그 역시 도박자금으로……."

원공후가 자기 허벅지를 찰싹 때리며 화를 냈다.

"그 멍청한 놈이 그 노다지 땅까지 팔아먹은 거냐?"

"예……."

은수의 대답을 들은 원공후가 한숨을 푹 쉬었다.

"노름판을 떠날 때, 그동안 수발을 들어준 네 아비의 공을 생각해 강북 목 좋은 위치에 2층짜리 건물을 지어주었다. 그 정도면 세를 놓는 장사를 하던 너희들 세 식구가 먹고 살기 충분할 거라 생각했지. 아마 건물을 계속 갖고 있었으면 지금쯤 가치가 몇 십억은 했을 텐데 참으로 아쉽구나."

아쉬움에 입맛을 쩝쩝 다신 원공후가 은수에게 물었다.

"네 아비를 잡아간 놈이 대체 누구냐? 청량리 독구패거리냐, 아니면 남가좌에 있는 모 씨(某氏) 형제냐? 어서 말해 보아라."

은수가 고개를 저었다.

"모르겠어요."

두 사람의 대화를 듣던 우건이 원공후에게 물었다.

"당신이 아는 노름꾼 중에 무공을 익힌 자가 있소?"

원공후가 그게 정말이냐는 표정으로 되물었다.

"은수를 납치하려 한 놈들이 무공을 익혔단 말입니까?"

"그렇소."

"제가 아는 노름꾼 중엔 없습니다."

잠시 생각한 원공후가 말을 덧붙였다.

"그러나 제가 노름판을 떠난 게 벌써 10년 전이기 때문에 그사이 무공을 익힌 패거리가 들어왔을 가능성은 있습니다."

팔짱을 낀 원공후가 심각한 표정으로 수연을 보았다.

눈치 빠른 수연은 바로 일어나 은수에게 손을 내밀었다.

"오늘은 언니와 함께 잘래?"

"좋아요."

수연이 은수와 함께 자기 방으로 들어가며 눈을 찡긋해 보였다.

두 사람이 잘 상의해보라는 의미였다.

원공후가 감탄한 표정을 지었다.

"주모님의 눈치가 보통이 아니십니다 그려."

"쓸데없는 말 그만하고 어찌 할 건지나 말해보시오."

원공후가 팔짱을 풀며 대꾸했다.

"놈들이 은수를 노리는 게 맞다면 또 나타날 게 분명합니다."

우건의 생각 역시 원공후와 크게 다르지 않았다.

"나타난 놈들을 잡자는 거요?"

원공후가 주먹을 으스러져라 움켜쥐었다.

"맞습니다. 잡아서 놈들의 배후를 캘 생각입니다. 그래야 경준이 놈이 지금 어디에 잡혀 있는지 정확히 알아낼 수 있습니다."

"괜찮은 생각이군."

원공후가 일어나며 물었다.

"이번 일을 도와주시겠습니까?"

"인연이라면 인연이니 계속 돕겠소."

"고맙습니다."

원공후는 몇 가지 세부사항을 상의한 후에 돌아갔다.

다음 날, 수연은 아침 일찍 병원에 출근했다. 김진성이 무단결근한 지 이틀째였지만 병원은 의외로 아주 평온한 편이었다.

그러나 그 평온은 반나절이 채 이어지지 못했다.

뉴스속보를 통해 김진성이 소유한 별장과 그 별장에서 벌어진 끔찍한 일이 알려지기 시작했다. 그리고 속보가 처음 나온 후 불과 1, 2시간이 지나지 않아 웹과 SNS를 통해 김진성이 영제의료원 후계자라는 소식과 강남 영제병원에서 신경외과 펠로우로 재직 중이었다는 정보가 돌기 시작했다.

당연히 영제병원 홈페이지는 바로 다운되었고 각 포털, 각 커뮤니티 사이트마다 김진성과 영제의료원을 비방하는 글들이 올라오기 시작했다. 뉴스 전문 매체들은 이 사건을 24시간 내내 방송했고 영제의료원은 하루가 채 지나기 전에 대국민사과를 해야 했다. 물론, 분노한 여론은 마찬가지였지만.

이튿날, 경찰은 언론 브리핑을 열어 강남부녀자납치살해 사건 주범 김진성이 이미 별장에서 자살했다는 사실을 알렸다.

또, 희생자의 유가족을 찾아 적절한 조취를 취했다는 사실을 알렸다. 경찰 브리핑에는 우건이나, 혈림, 특무대에 대한 내용이 전혀 없었다. 걱정한 수연은 그제야 마음을 놓았다.

병원은 병원대로 분위기가 좋지 않았다. 동료였던 김진성이 끔찍한 사건의 주범이었다는 점을 떠나서 흉부외과 레지던트 이미영이 피해자 명단에 포함되어 있던 이유가 가장 컸다.

수연은 돌아가신 아버지가 레지던트 생활한 병원이라는 점 외엔 끔찍한 기억밖에 없는 영제병원을 떠나기로 결심했다.

물론, 이곳에서 일한 덕분에 우건을 만날 수 있었지만 그는 지금 그녀 옆에 있었다. 병원에 미련이 남을 이유가 없었다.

❖ ❖ ❖

수연이 출근해 업무를 보던 그 시각, 우건은 아침 일찍 들이닥친 원공후와 함께 은수를 쾌영문으로 데려가는 중이었다.

은수는 어제처럼 야구 모자를 푹 눌러쓴 모습으로 원공후, 우건 사이에서 걸어가는 중이었다. 수연의원과 쾌영문 사이의 거리는 불과 50미터가 넘지 않아 금방 도착할 수 있었다.

시간으로 따지면 2, 3분에 불과했다.

그러나 우건, 원공후와 같은 노련한 고수에게는 감시 중인 적을 탐지하기에 충분한 시간이었다. 아니, 넘치는 시간이었다.

주위를 슬쩍 둘러본 원공후가 전음을 보냈다.

-입구에 하나, 출구에 하나 해서 총 두 놈이군요.

-한 놈 더 있소.

-제 이목을 벗어난 놈이 있단 말입니까?

-왼쪽으로 30장 떨어진 곳에 한 놈 더 숨어 있소.

원공후는 문을 여는 척하며 우건이 말한 장소를 슬쩍 보았다.

-아, 골목 안에 한 놈 더 있었군요.

-그놈이 아마 두목일 거요.

원공후가 감탄한 목소리로 전음을 보았다.

-30장이면 100미터에 가까운 거리인데 대단한 감각입니다.

-감탄할 필요 없소. 안법(眼法)을 익혔을 뿐이니까.

-어쨌든 대단한 건 사실입니다.

우건과 원공후, 은수 세 사람은 쾌영문 안으로 들어갔다.

원공후가 어젯밤에 은동철 삼형제에게 미리 언질해둔 모양이었다. 쾌영문 1층은 깨끗하게 비워진 상태였다. 그리고 바닥과 천장, 벽에 건축용 합판과 농사지을 때 쓰는 두꺼운 비닐을 덮어 벽이나 바닥에 흠집이 가지 않게 해두었다.

은동철 삼형제가 앞다투어 인사했다.

"오셨습니까?"

원공후가 그들에게 은수를 소개했다.

"이 아이가 내가 말한 은수다."

은수가 모자를 벗으며 인사했다.

"안녕하세요. 이은수예요."

은수의 얼굴을 본 삼형제가 호들갑을 떨었다.

"정말이지?"

"정말이라니까요."

"사인부터 받읍시다."

자기들끼리 뭐라 속삭이는 모습이 잔뜩 흥분한 듯했다.

은수가 예쁘기는 하지만 저렇게 호들갑 떨 정도는 아니란 생각을 하는 중일 때, 원공후가 삼형제의 뒤통수를 후려쳤다.

"손님들 앞에서 채신머리없이 뭐하는 짓이냐?"

눈물이 나올 정도로 호되게 맞은 첫째 김은이 항변하듯 물었다.

"은수란 아가씨가 연예인이란 말은 없었지 않습니까?"

"연예인?"

"예, 연예인요."

눈을 끔벅거린 원공후가 고개를 돌려 은수에게 물었다.

"저놈이 무슨 소리를 하는 게냐? 네가 연예인이었어?"

은수가 부끄러워하며 대답했다.

"예, 그쪽 일을 조금 하는 중이에요."

둘째 김동이 스마트폰 화면을 보여주었다.

"보십시오. 여기 포털에 프로필이 상세히 나와 있지 않습니까?"

김동의 말대로였다. 포탈 화면에 짙게 화장한 은수의 사진 밑으로 나이와 그동안 출연한 작품 등이 주르륵 나왔다.

원공후가 고개를 주억거렸다.

"오, 정말이구나."

사부가 인정한 듯한 모습에 신이 난 김동이 바로 주워섬겼다.

"지금 막 뜨는 신인여배우입니다. 원래는 로즈마리라는 걸그룹 출신이었는데 걸그룹이 망한 후에 배우로 전향했습니다. 벌써 드라마 두 편과 영화 한 편을 찍었는데, 다 평이 좋아 전문가들이 내년 충무로 최대 기대주로 꼽을 정돕니다."

"오호, 그 정도란 말이냐?"

김동이 엄지를 들어보였다.

"내년엔 틀림없이 빵 뜰 겁니다. 제가 장담합니다."

원공후가 다시 김동의 뒤통수를 후려갈겼다.

"네놈이 장담하든 말든 상관없으니까, 빨리 3층으로 데려가기나 해라. 은수에게 무슨 일이 생기면 물고를 낼 줄 알아."

눈물을 찔끔 흘린 김동이 풀 죽은 목소리로 대답했다.

"예, 사부님."

김동은 은수를 데리고 3층 원공후의 방으로 올라갔다. 혹시 몰라 두꺼운 철문을 닫은 후, 김동이 문 앞에서 대기했다.

1층에 남은 원공후가 우건에게 물었다.

"주공은 아셨습니까? 저 아이가 연예인인 거 말입니다."

"몰랐소."

"주모님도 몰랐던 겁니까?"

"그런 듯하오. 사매 역시 그동안 눈코 뜰 새 없이 바빴으니까."

턱수염을 쓰다듬은 원공후가 의외라는 목소리로 말했다.

"애가 생긴 게 범상치 않아 뭐하나 할 줄은 알았지만 연예인일 줄은 몰랐군요. 경준이가 자식농사를 잘 지은 모양입니다."

"그는 어떤 사람이오?"

"경준이 말입니까?"

"그렇소."

원공후가 천장을 응시하며 아련한 목소리로 대답했다.

"이곳 말로 타짜였죠. 패를 놀리는 솜씨가 좋았습니다. 그러다가 하룻강아지 범 무서운 줄 모른다고 제 앞에서까지 화투 패로 수작을 부리다가 혼쭐이 난 후에 무슨 생각이 들었는지 그 다음부터 저를 쫓아다니더군요. 눈치가 빠른 사람이어서 수족으로 부리는 재미가 꽤 쏠쏠했습니다. 한국에 있는 노름판이란 노름판은 다 휩쓴 후에 재미가 없어 그만둘 때 가족들 건사하라고 건물을 하나 만들어 주었지요."

"그럼 그는 그 건물로 또 노름을 한 모양이군."

원공후가 헛웃음을 터트렸다.

"허허, 원래 노름꾼은 절대 노름을 끊지 못하는 법이지요. 팔이 잘려 병신이 되거나, 목이 달아나기 전까진 말입니다."

"당신은 도박을 끊지 않았소?"

원공후가 손가락으로 자기를 가리켰다.

"저 말입니까?"

"그렇소."

원공후가 아니라는 듯 고개를 가로저었다.

"노름보다 더 지독한 도박에 빠져 있었을 뿐입니다. 아마 주업이 노름이었으면 지금까지 노름판을 전전하고 있었을 겁니다."

"도둑질을 더 좋아했단 말이군."

원공후가 쑥스러운 듯 머리를 긁적였다.

"맞습니다. 전 노름보다 도둑질이 더 좋았으니까요."

"노름보다 더 좋다면 도둑질을 평생 그만두지 못하겠군."

원공후가 입을 삐죽 내밀었다.

"아아, 그 얘긴 왜 또 꺼내십니까."

두 사람이 티격태격할 때였다.

끼이익!

1층 전면 유리창 앞에 검은색 밴 세 대가 나타났다.

밖에서는 안이 보이지 않지만 안에서는 밖이 보이는 특수유리로 만든 창문이었다. 유리창을 통해 밴에서 내리는 사내들의 모습이 보였다. 정장과 운동복을 착용한 12명이었다.

방망이를 든 김은과 김철이 2층 계단에 올라가 자세를 잡았다.

그 순간, 열린 문으로 사내 12명이 뛰어 들어왔다.

"멍청한 새끼들이 알아서 죽을 자리를 찾아오는구나."

냉소를 머금은 얼굴로 그들을 지켜보던 원공후가 손짓했다.

첫째 김은이 즉시 계단 옆에 달린 버튼을 눌렀다.

쿠웅!

철제 빔이 내려와 현관을 막았다.

사내들이 갑자기 막힌 현관을 보며 흠칫할 때였다.

셋째 김철이 두 번째 버튼을 눌렀다.

위이잉!

전면 유리창 위에서 같은 크기의 철제 빔이 내려왔다.

사내 몇 명이 철제 빔에 무기를 휘둘렀지만 특수소재로 제작한 20센티미터 두께의 단단한 철제 빔은 전혀 끄떡없었다.

출구와 퇴로가 완전히 막히는 순간이었다. 이런 상황에서는 누구든 이를 함정이라 생각해 겁을 집어먹기 마련이었다.

한데 사내들의 사기는 전혀 떨어지지 않았다.

자신의 실력을 믿는 눈치였다.

이를 증명하듯 정장을 입은 중년 사내가 앞으로 나왔다.

"재미있는 짓을 하는군."

원공후가 피식 웃으며 물었다.

"이게 재밌어?"

중년 사내가 원공후와 우건, 그리고 김 씨 형제를 차례로 보았다.

"이런 함정을 파려면 필수조건이 하나 있다."

"그 조건이란 게 뭐냐?"

중년 사내가 자신감 넘치는 목소리로 대답했다.

"너희들이 우리 열두 명을 제압할 수 있을 때나 통한단
소리다."

원공후가 귀찮은 표정으로 파리 쫓듯 손을 저었다.

"아아, 알았으니까 그만 나불대고 덤비기나 하셔."

오만상을 쓴 중년 사내가 부하들에게 지시했다.

"놈들을 내 앞에 무릎 꿇려라!"

얼굴에 칼자국이 가득한 사내가 음흉한 미소를 지으며
물었다.

"피를 봐도 상관없습니까?"

"상관없다. 한 놈만 살아 있으면 되니까."

그 말에 칼자국 사내가 히죽 웃으며 원공후에게 걸어갔
다. 손에는 쇠파이프 손잡이에 밧줄을 감은 무기가 들려 있
었다.

## 2장. 노름의 신

"어이, 원숭이 양반. 뒈지지 않으려면 눈을 똑바로 떠야할 거요."

말을 마친 사내가 쇠파이프를 비스듬히 휘둘렀다. 심공을 익힌 듯 어깨 위에 있던 쇠파이프가 어느새 원공후의 머리 위로 떨어지는 중이었다. 그러나 상대는 쾌수 원공후였다.

퍽!

단단한 물체가 물컹한 물체를 후려칠 때 나는 전형적인 소리와 함께 그대로 떠오른 칼자국 사내가 철제 빔으로 날아갔다.

그러나 칼자국 사내 역시 한가락 하는 듯했다. 공중에서 몸을 뒤집더니 자기 발로 바닥에 내려섰다. 하지만 원공후가 펼친 내가중수법(內家重手法)은 그저 그런 수법이 아니었다.

"웩!"

검은 피를 한 사발 토한 칼자국 사내가 술을 진탕 마신 취객처럼 비틀거렸다. 그의 손에 들린 쇠파이프는 어느새 원공후의 손에 들려 있었다. 소매치기나 공수납백인이나, 상대의 소지품을 훔친다는 점에서는 별반 다르지 않았다. 중원 삼대 도둑으로 불린 원공후의 소매치기 실력은 과연 대단해 이를 지켜보던 우건 역시 속으로 적잖이 감탄했다.

원공후가 빼앗은 쇠파이프로 자기 손바닥을 툭툭 치며 물었다.

"이봐, 지금도 재미있나?"

비꼬는 말을 들은 중년 사내가 이를 악물었다.

방금 나가떨어진 칼자국 사내는 데려온 부하 중 중간에 해당하는 실력이었다. 한데 저 원숭이를 닮은 놈에게는 한 주먹거리에 불과했다. 중년 사내는 등줄기에 식은땀이 한 방울 흘러내렸지만 사기가 떨어질까 두려워 티를 내지 못했다.

대신, 악에 받쳐 소리쳤다.

"한 번에 쳐라!"

명령이 떨어지기 무섭게 사내들이 일제히 달려들었다.

히죽 웃은 원공후가 바람처럼 몸을 날려 사내들을 짓쳐 갔다. 2층 계단에 있던 김은, 김철 역시 1층에 내려와 합류했다.

우건은 팔짱을 낀 자세로 싸움을 관망했다.

그때였다.

뚱뚱한 사내 하나가 우건 옆으로 슬금슬금 다가오며 눈치를 살폈는데 손에는 날을 날카롭게 갈아둔 회칼이 들려 있었다.

그 모습이 왠지 모르게 횟감을 어떻게 요리할지 고민하는 요리사처럼 보여 보는 사람들의 실소를 자아내게 만들었다.

원공후가 뚱뚱한 사내를 손가락질하며 껄껄 웃었다.

"크하하하, 네놈은 지금 삼팔광땡을 잡은 게야!"

뚱뚱한 사내가 흠칫할 때, 우건이 팔짱을 풀었다.

"씨팔!"

뚱뚱한 사내가 쌍욕을 하며 회칼을 우건의 가슴에 휘둘렀다.

우건은 상체를 젖혀 피했다.

빗나간 회칼을 거꾸로 잡은 뚱뚱한 사내가 이번에는 우건의 옆구리를 찔러왔다. 무공을 익힌 것은 분명했다. 그러나 초식이 너무 조잡해 무슨 무공을 익혔는지는 알아내지 못했다.

우건은 뚱뚱한 사내의 팔목을 잡았다.

"놔, 놔라."

뚱뚱한 사내가 팔을 빼려했지만 우건의 손은 요지부동이
었다.

우건은 오히려 사내를 끌어당기며 왼손 중지를 살짝 튕
겼다. 손가락 끝에서 튀어나온 지력이 사내의 단전을 관통
했다.

"으아악!"

비명을 지른 사내가 아랫배를 틀어쥐더니 바닥을 데굴데
굴 굴렀다. 무영무음지의 내력이 단전을 관통하는 순간, 그
동안 연성한 내력이 흩어지며 엄청난 고통을 겪는 중이었
다.

다시 팔짱을 낀 우건은 시선을 돌려 김 씨 형제를 지켜보
았다.

김은과 김철은 방망이를 무기삼아 적 세 명과 치열한 접
전을 펼치는 중이었다. 형제라서 그런지 호흡이 척척 맞았
다.

붕!

김은이 방망이를 크게 휘둘러 적들의 균형을 흩트리는
순간, 김철이 뛰어들어 방망이로 그중 한 명의 어깨를 내리
쳤다.

퍽!

방망이에 어깨를 맞은 적이 비명을 지르며 물러섰다.

남은 적 중 하나가 앞으로 뛰어든 김철 옆구리에 칼을 찔러 넣을 때였다. 김은이 몸을 급히 돌리며 방망이를 휘둘렀다.

탁!

적이 찌른 칼이 김은의 방망이에 막혀 잠시 멈칫하는 사이, 김철은 무사히 뒤로 돌아와 거칠어진 호흡을 안정시켰다.

형제가 펼치는 수법은 원공후의 독문절기 중 하나인 쾌영십팔수였다. 다만, 수공을 도법처럼 사용했을 뿐이었다. 원래 칼과 검 같은 무기는 사람의 손이 길어진 거라 봐야 했기 때문에 수공을 도법으로 바꾸는 일이 크게 어렵지 않았다.

하지만 귀찮은 일임은 분명했다.

수공을 사용할 때 사용하는 심법과 도법을 펼칠 때 사용하는 심법에는 차이가 분명해, 어설프게 흉내 내다가는 무공의 위력이 줄어드는 경우가 많았다. 한데 형제가 펼치는 수법은 쾌영십팔수의 기민함과 위력이 전혀 줄어들지 않았다.

'쾌영문주가 제자들을 꽤 아끼나보군.'

형제는 무공에 관해서는 초보나 다름없어 맨손으로 적의

무기를 상대하다가는 자칫 실수를 범해 몸을 망치기 쉬웠다.

강호 격언 중에 월근월위(越近越危) 월원월안(越遠越安)이라는 말이 있었다. 즉, 가까울수록 위험하고 멀수록 안전하단 뜻이었다. 무공에 이제 막 첫걸음을 뗀 형제로서는 무기를 이용해 멀리서 상대를 공격하는 편이 훨씬 더 안전했다.

형제의 안위를 걱정한 원공후가 쾌영십팔수를 도법으로 바꾸는 귀찮은 작업을 손수 한 다음, 제자에게 가르친 듯했다.

그러나 역시 초보는 초보였다.

세 명을 상대로 처음에는 서로 도와가며 잘 막아내는 듯했지만, 30합을 넘기 무섭게 손발이 꼬여 점차 밀리기 시작했다.

우건은 바닥에 떨어진 회칼을 발로 걷어찼다.

쉬익!

날카로운 파공음을 내며 날아간 회칼이 적 세 명 중 가장 강해보이는 사내의 허벅지에 박혔다. 비명을 지른 사내가 회칼을 뽑기 위해 손을 뻗는 순간, 정신없이 적의 공세를 막아내던 김은이 재빨리 앞으로 튀어나가 방망이를 찔렀다.

퍽!

방망이에 가슴을 맞은 사내가 피를 토하며 넘어갔다.

강적이 한 명 사라진 덕분에 여유를 찾은 형제가 우건에게 목례를 해보였다. 그러나 우건의 시선은 이미 다른 방향으로 돌아간 후였다. 우건은 지금 원공후를 보는 중이었다.

쾌영문 안으로 뛰어 들어온 12명 중 8명이 원공후를 포위했다.

원공후는 쾌영십팔수와 구룡각을 펼쳐 순식간에 5명을 때려눕혔다. 지금 역시 마찬가지였다. 원공후의 긴 팔이 고무줄처럼 늘어나는 순간, 사내 하나가 피를 쏟아내며 날아갔다.

"죽어라!"

원공후 뒤에 있던 사내가 긴 칼로 등을 베어왔다.

쉬익!

바람소리가 살벌하게 울리는 게 제법 실력이 괜찮은 자였다.

그러나 마치 말이 뒷발차기를 하듯 원공후가 내뻗은 발길질에 가슴을 차이는 순간, 칼을 잡은 자세 그대로 넘어갔다.

구룡각의 노마척각(怒馬踢脚)이란 초식이었다.

순식간에 두목으로 보이는 중년 사내 하나만 남았다.

중년 사내가 겁을 먹은 얼굴로 슬금슬금 물러섰다.

그러나 퇴로는 이미 철제 빔에 막힌 상태였다.

이를 악문 중년 사내가 걸음을 멈추며 물었다.

"이름이나 압시다."

원공후가 히죽 웃었다.

"네깟 놈이 내 이름은 알아서 뭐하게?"

중년 사내가 이를 부드득 갈았다.

"이번엔 우리가 패했지만 다음번엔 그렇지 않을 거요."

"과연 그럴까?"

"직접 경험해보면 알 거요!"

소리친 중년 사내가 주먹을 연속 찔러왔다. 마치 속사포를 쏘는 듯했다. 원공후는 그가 자랑하는 백사보를 밟아 피했다.

백사보는 뱀처럼 사선으로 움직여 예측이 쉽지 않은 보법이었다. 중년 사내의 주먹이 만든 권풍(拳風)의 회오리가 장내를 가를 때는 이미 원공후가 저만치 벗어난 상황이었다.

"차앗!"

권법이 막힌 중년 사내가 앞으로 크게 도약하며 무릎으로 원공후의 가슴을 찍으려 했다. 상대의 허를 찌르는 기습이었다.

그러나 원공후는 긴 팔로 가볍게 밀었다.

공중에서 휘청거리며 밀려난 중년 사내가 비룡번신의 수법으로 몸을 뒤집더니 다시 주먹을 속사포처럼 찌르기 시작했다.

권법 역시 여러 종류가 존재했다. 그러나 중년 사내가 익힌 종류는 권법 중에 드문 축에 해당하는 쾌권(快拳)이었다. 권법은 주로 강권(强拳), 유권(柔拳)이 주류를 이루어 쾌권을 익힌 사람은 손에 꼽았다. 쾌권을 상대할 기회가 많지 않아 처음 당하는 사람은 충분히 당황할 만한 수법이었다.

그러나 중년 사내의 상대는 원공후였다.

손 빠르기로 따지면 천하에 적수가 많지 않은 사내였다.

원공후는 그가 자랑하는 금계탁오권을 펼쳐 중년 사내가 만든 주먹을 일일이 분쇄했다. 주먹끼리 부딪칠 때마다 중년 사내가 미간을 찡그렸다. 분명, 주먹에 충격을 받은 모습이었다.

얼마 지나지 않아 인상을 있는 대로 쓴 중년 사내가 권법을 펼치는 방식을 갑자기 바꾸었다. 오른 주먹은 여전히 속사포 쏘듯 빠르게 내갈겼지만 왼 주먹은 매가 먹잇감을 노리듯 옆구리에 딱 붙인 상태에서 좀처럼 움직일 기미가 없었다.

원공후가 흥미로운 눈으로 지켜볼 때였다.

중년 사내가 왼 주먹을 천천히 뻗기 시작했다.

마치 느린 화면을 재생한 것 같은 모습이었다.

왼 주먹이 반쯤 나온 순간, 무거운 압력이 원공후를 덮쳤다.

원공후의 눈에 어린 호기심이 놀라움으로 바뀌었다.

그때, 중년 사내가 왼 주먹을 다 뻗었다.

원공후는 고개를 옆으로 틀며 백사보를 펼쳤다.

원공후의 머리가 있던 곳을 지나간 권풍이 벽에 있는 합판에 커다란 구멍을 뚫었다. 합판 조각이 비산할 때, 중년 사내의 쾌권이 다시 한 번 원공후에게 미사일처럼 날아들었다.

쾌권은 드물지만 쾌권과 중권(重拳)을 같이 쓰는 경우는 더 드물었다. 미간을 찌푸린 원공후가 본 실력을 드러냈다.

금계탁오권으로 중년 사내의 쾌권을 막아낸 원공후가 왼 팔을 앞으로 쭉 뻗었다. 팔이 1미터 이상 길어진 것처럼 쭉 늘어지더니 그대로 중년 사내의 가슴팍에 강한 일장을 먹였다.

퍼엉!

폭음과 함께 날아간 중년 사내가 바닥을 두 차례 데굴데굴 굴렀다. 백사보로 따라붙은 원공후가 중년 사내의 목덜미를 틀어쥐어 들어올렸다. 키는 중년 사내가 더 컸지만 원공후의 팔이 워낙 긴 탓에 중년 사내의 발이 공중으로 떠올랐다.

"쾌중이절(快重二絶)은 누구에게 배웠나?"

중년 사내가 피를 흘리며 웃었다.

"흐흐, 좆이나 까라."

원공후가 머리로 중년 사내의 얼굴을 들이받았다.

콰직!

코뼈가 움푹 들어간 중년 사내가 그대로 기절했다.

중년 사내를 바닥에 패대기친 원공후가 우건을 보았다.

"이거 재미없게 되었는데요?"

"쾌중이절을 쓰는 자가 누군데 그러는 거요?"

"혹시 강동삼귀(江東三鬼)란 별호를 들어보셨습니까?"

우건이 고개를 끄덕였다.

"들어본 것 같소. 강동에서 한가락 하는 사파 고수들 아니오?"

"그 강동삼귀 중 막내인 독안귀(獨眼鬼) 윤조(尹趙)의 독문절기가 바로 쾌중이절입니다. 쾌는 다비금강권(多批金剛拳), 중은 붕산절해권(崩山絕海拳)을 가리키지요. 원래 쾌와 중은 함께 익히기 어려운 법인데 놈은 그 두 가지를 극성으로 익혀 강동에서 권법으로는 따라올 자가 몇 없었습니다."

"그자도 진에 있었소?"

원공후가 손수건으로 손에 묻은 피를 닦으며 대답했다.

"예, 강동삼귀가 다 있었지요. 그들은 사파에서 꽤 알아주는 실력자인 데다가 강동에서 좀처럼 나오는 일이 없다고 알려져 있어 삼귀가 개봉 제천회에 나타났을 때 다들 놀랐지요."

"그럼 세 놈이 같이 있을 가능성이 높겠군."

"아마 그럴 겁니다."

대담한 원공후는 쓰러진 사내들의 단전을 파괴해 무공을 다시 쓰지 못하게 만들었다. 그들에겐 청천벽력과 같을지 모르지만 죽는 것보다 무공을 쓰지 못하는 편이 훨씬 나을 터였다.

열두 명 다 부상을 입었지만 그중에 중상을 입은 자는 없었다. 원공후는 그중 몇 명을 깨워 배후를 캐냈다. 어렵지 않게 몇 개의 이름과 몇 개의 주소를 바로 알아낼 수 있었다.

원공후가 김은에게 지시했다.

"첫째야, 놈들 소지품에 사설카지노 회원증이 있나 찾아 봐라."

"예."

대담한 김은이 사내들의 소지품을 모아둔 곳에서 무언가를 찾다가 도깨비가 그려진 붉은색 명함을 한 장 집어 들었다.

"이거 같은데요."

"그래? 가져와 봐."

붉은색 명함을 보는 순간, 우건은 몇 달 전 기억이 떠올랐다.

영제병원에서 몰래 퇴원한 우건은 밀린 병원비를 마련할

생각으로 설악산 태을문 본산에 들러 저장해둔 금괴를 찾았다. 그리고 금괴를 서울에 가져와 종로 금은방에 팔려 했는데 금은방 주인이 신분증을 보여 달라는 바람에 실패했다.

한데 나가려는 우건을 주인이 잡더니 방금 본 붉은색 도깨비 명함을 건네며 명륜동 창고에 찾아가 팔아보라 권했다.

우건은 시키는 대로 명륜동 1가에 있는 창고에 들러 그곳을 지키는 사내에게 이 붉은색 명함을 보여준 다음, 안으로 들어가 거래했다. 한데 거래 마무리가 별로 좋지 않았다.

금괴와 현금을 교환하는 데는 성공했지만 창고를 나가려는 순간, 불량배들이 달려들어 그에게서 현금과 금을 모두 빼앗으려 했다. 다른 놈들은 별 볼 일 없었지만 그중 한 명은 무공을 익힌 흔적이 역력했다. 깜짝 놀란 우건이 급히 추궁하려들 때, 그는 입에 문 독단을 깨물어 목숨을 끊었다.

그때, 죽은 사내가 한 말이 아직까지 기억에 생생했다.


- 회(會)에서 나오셨소? -


당시엔 무슨 뜻인지 몰랐다.
그리고 여전히 무슨 뜻인지 알지 못했다.

'이번에는 그게 무슨 뜻인지 밝혀지겠군.'

원공후는 눈치가 귀신보다 빠른 자였다.

우건의 눈빛이 변하는 모습을 포착하기 무섭게 바로 캐물었다.

"저 명함을 보신 적 있습니까?"

애초에 숨길 생각이 없었기 때문에 사실대로 말했다.

우건의 이야기를 들은 원공후가 흥미롭다는 듯 눈을 반짝였다.

"그런 일이 있었군요. 나중에 그 금은방은 찾아가보셨습니까?"

"가보지 않았소."

"뭐 캐다보면 고구마줄기처럼 알아서 나오겠지요."

고개를 끄덕인 원공후가 손가락을 튕겼다.

김철이 즉시 나무로 만든 상자 두 개를 가져왔다.

원공후가 그중 하나를 열어 우건에게 보여주었다.

"어떻습니까?"

우건의 눈동자가 조금 커졌다.

나무 상자 안에는 정교한 인피면구(人皮面具)가 들어 있었다.

"이건 인피면구가 아니오?"

"맞습니다. 강호에서 쓰던 걸 이곳 재료로 업그레이드했지요."

원공후가 그중 하나를 조심스레 꺼내 얼굴에 덮어썼다. 나무 상자 안에 거울이 달려 있어 거울로 얼굴을 보며 매만 졌다.

잠시 후, 원숭이를 닮은 원공후의 얼굴이 다소 날카로운 인상의 50대 사내로 바뀌었다. 눈으로 봤음에도 믿기지가 않았다.

원공후가 나머지 하나를 우건에게 건넸다.

"이건 주공 겁니다."

"이걸 쓰고 어딜 가려는 거요?"

"범을 잡으려면 굴로 들어가야 하지 않겠습니까?"

"흐음."

우건은 원공후가 건넨 인피면구를 받아 얼굴에 썼다.

"제가 도와드리겠습니다."

다가온 원공후가 면구 이곳저곳을 건드리며 변장을 도왔 다.

"자, 다 끝났습니다. 직접 보십시오."

우건은 나무 상자에 달린 거울로 얼굴을 확인했다.

턱에 칼자국이 있는 다소 날카로운 인상의 사내가 우건 을 쳐다보는 중이었다. 우건은 감쪽같은 모습에 다시 감탄 했다.

"정말 정교하군."

원공후가 자신감 넘치는 목소리로 대꾸했다.

"이곳의 웬만한 전문 분장사보다 제 실력이 더 뛰어날 겁니다."

변장을 마친 원공후는 김 씨 형제에게 안을 정리하라 지시했다.

김은과 김철 두 사람은 즉시 단전을 폐한 사내들을 차에 실어 교외로 나갔다. 우건과 원공후가 도착하기 전에 사내들을 풀어주면 그들이 조직에 연락을 취할 위험이 있었다.

그사이, 쾌영문에 남은 김동은 은수를 호위하는 한편, 1층을 덮는 데 사용한 비늘과 합판을 떼어내 다시 창고로 옮겼다.

한편, 쾌영문을 나온 우건과 원공후는 알아낸 장소 중 한 곳으로 차를 몰았다. 사내들의 조직 내 위치가 그리 높지 않아 이경준이 있는 장소나, 독안귀 윤조의 현재 위치를 알아내진 못했지만 그들이 운영하는 사설카지노는 알아냈다.

그 외에 알아낸 사실이 몇 개 더 있었는데, 그들이 속한 조직의 이름이 홍귀방(紅鬼幇)이라는 사실과 홍귀방의 방주(幇主)가 세 명이라는 사실 등이었다. 물론, 그 세 명은 원공후가 방금 전 말한 강동삼귀를 가리켰다. 강동삼귀는 첫째 마검귀(魔劍鬼) 장헌상(張憲祥)과 둘째 추면귀(醜面鬼) 조남옥(趙南鈺), 그리고 막내 독안귀 윤조로 이루어져 있었다.

우건과 원공후 두 사람은 지금 그 강동삼귀의 막내 독안귀 윤조가 비밀리에 운영하는 사설카지노를 찾아가는 중이었다.

우건이 연말에 접어든 거리를 바라보며 물었다.

"카지노는 뭐하는 데요?"

막히는 도로를 보며 욕을 하던 원공후가 눈을 끔벅이며 물었다.

"그 전에 트럼프카드가 뭔지는 아십니까?"

"들어본 것 같소."

"그 카드를 이용해 도박을 하는 데라 보시면 됩니다. 보통은 블랙잭, 바카라 등을 많이 하지요. 하지만 우리가 지금 가는 덴 사설카지노니까 화투와 스포츠베팅을 같이 할 겁니다."

고개를 돌린 우건이 막히는 도로를 응시하며 물었다.

"사설카지노는 일반카지노와 다른 거요?"

"일반카지노는 정부의 허가를 받아야 설립이 가능합니다. 한데 한국에는 한 곳을 제외하고는 전부 외국인만을 상대하는 카지노여서, 국내의 노름꾼들이 접근하기가 어려운 편입니다. 도박업자가 몰래 운영하는 사설카지노가 있는 게 그런 이유입니다."

입이 풀린 듯 원공후는 물어보지 않은 질문까지 알아서 답했다.

"독안귀 그놈이 운영하는 사설카지노 이름이 원 아이드 더군요."

"원 아이드?"

"그렇습니다. 영어로 원 아이드(one-eyed)면 외눈이란 뜻인데 카지노 이름을 놈의 별호인 독안귀에서 따온 모양입니다. 독안귀의 독안(獨眼)이 외눈이란 뜻 아닙니까? 별호에서 따온 게 아니라면 스페이드 잭이나, 하트 잭을 가리키는 용어인 원 아이드 잭(one-eyed jack)에서 따왔을 겁니다."

우건이 꽉 막힌 도로가 천천히 열리는 모습을 보며 물었다.

"당신의 주 종목은 골패(骨牌)가 아니었소?"

"하하, 로마에 가면 로마법을 따르라는 말이 있지 않습니까? 이곳엔 골패를 할 줄 아는 놈이 없으니 카드나 화투를 칠 수밖에요. 뭐, 노름이란 게 결국 거기서 거깁니다만."

대화를 나누는 동안, 차는 어느새 독안귀의 사설카지노가 있는 강북 중구 남산골공원 근처에 도착했다. 원공후는 남산골공원에서 서너 블록 떨어진 유료주차장에 차를 주차했다.

"여기서부턴 걸어가야겠습니다."

서울 지리에 밝은 원공후가 앞장섰다.

원 아이드 사설카지노는 남산골공원과 소방재난본부 사이에 위치하고 있었다. 겉모습은 1층에 카페가, 2층과 3층에는 살림집이 있는 3층 규모의 평범한 주상복합빌딩 형태였다.

두 사람은 카페 안에 들어가 카운터에 있는 젊은 여인에게 도깨비가 그려진 붉은색 명함을 건넸다. 여인은 바로 하얀색 장비를 꺼내 명함 위를 스캔했다. 장비에서 푸른빛이 쏟아지는 순간, 도깨비 문양 위에 사람의 눈이 하나 나타났다.

우건이 전음을 보냈다.

-저 여자가 지금 뭐하는 거요?

-명함에 특수한 도료를 칠해놓은 모양입니다. 아마 저 장비가 있어야만 지금 나타난 문양을 볼 수 있을 겁니다.

-명함이 진짜인지, 가짜인지 확인하는 중이란 거요?

-간단히 말하면 그렇지요.

명함을 돌려준 여인이 빙긋 웃으며 밖으로 나왔다.

"저를 따라오세요."

두 사람은 여인을 따라 카운터 옆에 있는 문 안으로 들어갔다.

문 안에는 비품을 쌓아두는 창고가 있었다. 문을 안쪽에서 잠근 여인이 반대편 벽으로 걸어가 휴대전화를 꺼내들었다.

우건과 원공후가 번호를 보지 못하도록 돌아선 여인이 누군가에게 전화를 걸었다. 잠시 후, 누군가 전화를 받은 듯했다.

"손님이에요."

여인이 전화를 끊는 순간, 드르륵 소리를 내며 창고 반대편 벽이 열리기 시작했다. 여인이 손으로 안을 가리켰다. 우건과 원공후는 여인이 시키는 대로 열린 벽 안으로 들어갔다.

안쪽으로 이어진 하얀색 복도가 나왔다.

우건은 재빨리 주위를 둘러보았다.

천장에 크리스털 샹들리에가 달려 있었다. 그리고 바닥에는 두꺼운 융단이 깔려 있었으며 융단 끝에는 고급 원목으로 만든 접수대가 있었다. 접수대에는 정장을 입은 말끔한 사내가 앉아 있었는데 두 사람을 보더니 바로 정중히 인사했다.

"어서 오십시오."

사내가 말을 함과 동시에 벽이 다시 닫혔다.

닫힌 벽을 힐끔 본 두 사람은 접수원(接受員)의 안내를 받아 지하로 내려갔다. 몸수색은 없었다. 그리고 이곳을 어떻게 알았는지, 명함을 어떻게 얻었는지에 대한 질문 역시 없었다.

원공후가 전음을 보냈다.

―굉장한 자신감이군요.

―아마 매복해 있는 자들의 솜씨를 믿는 걸 거요.

1층 접수대와 지하 계단 사이에는 10여 명의 고수가 매복 중이었다. 지하 계단이 끝나는 지점에 양쪽으로 여닫는 문이 있었는데 명함에서 봤던 사람의 눈 모양이 그려져 있었다.

문을 살짝 연 접수원이 정중히 고개를 숙였다.

"안으로 들어가시면 안내할 사람이 나올 겁니다."

두 사람은 시키는 대로 안으로 들어갔다.

문 안은 그야말로 별천지나 다름없었다.

카드와 주사위, 화투, 마작 등 10여 종류의 도박이 한창 진행 중이었는데 빈자리가 거의 보이지 않을 지경이었다. 도박을 즐기는 사람들은 나이 지긋한 노신사부터 이제 막 학교를 졸업했을 것 같은 젊은 여자까지 다양했다. 다들 풍족한 삶을 누리는 듯 옷과 장신구가 모두 최고급 명품이었다.

도박을 즐기는 사람들은 사실 별로 눈에 들어오지 않았다. 테이블 사이를 지나다니며 술과 음료를 대접하는 여자들의 모습이 충격을 준 탓이었다. 여자들은 검은색 비키니 팬티와 높은 굽이 달린 하이힐 두 가지만 착용한 상태였다. 다시 말해 배꼽 위로는 걸친 옷이 전혀 없단 뜻이었다.

우건은 순간 멈칫했다.

그러나 고개를 다른 방향으로 돌리지는 않았다.

지금은 돈 많은 노름꾼으로 위장한 상태였다. 진정한 노름꾼이라면 이런 곳에 많이 와봤을 테니까 놀라지 않을 터였다.

반면, 원공후는 침까지 흘려가며 여자들의 몸매를 감상했다.

-이거 후끈 달아오르는군요.

-뭐가 달아오른다는 거요?

원공후가 지나가는 여자의 가슴을 훑어보며 대답했다.

-오, 오해 마십시오. 노름판에 오랜만에 와서 그렇단 뜻이니까.

그때, 덩치가 엄청나게 큰 대머리 사내가 성큼성큼 걸어왔다.

"어떤 종류로 즐기시겠습니까?"

침을 닦은 원공후가 도박판을 둘러보다가 한 곳에서 멈추었다.

"블랙잭으로 하지."

"자리로 모시겠습니다."

대머리 사내가 두 사람을 블랙잭 테이블로 안내했다.

테이블은 마침 두 자리가 비어 있었다.

빈자리에 앉은 원공후가 검은색 서류가방을 사내에게 건넸다.

"현금 5억이야. 칩으로 바꿔다줘."

"알겠습니다."

대답한 대머리 사내는 원공후가 보는 앞에서 가방을 열어 현금을 계산했다. 5만 원짜리 현금다발이 정확히 100개였다.

우건이 대머리 사내를 슬쩍 보며 원공후에게 전음을 보냈다.

-외공을 익힌 것 같은데 뭐하는 사람이오?

-핏 보스입니다.

-핏 보스?

-도박판을 관리하는 잡니다.

그때, 서류가방을 유리로 막힌 카운터에 넘긴 핏 보스가 도박에 사용하는 칩을 한 뭉텅이 가져와 원공후 앞에 내려놓았다.

"맞는지 세어보십시오."

"맞겠지 뭐."

"그래도 세어보십시오."

"꽤 귀찮게 하는군."

원공후가 귀찮은 얼굴로 칩을 세었다.

"맞군."

"그럼, 즐겁게 노십시오."

인사한 핏 보스가 다른 테이블로 이동했다.

핏 보스를 돌려보낸 원공후가 우건에게 칩을 몇 개 건넸다.

-재미삼아 해보십시오.

-난 규칙을 모르오.

-아주 간단합니다.

원공후는 전음으로 블랙잭의 규칙을 설명하며 기본 판돈인 50만 원 상당의 칩을 걸었다. 우건 역시 50만 원을 걸었다.

테이블에 있는 다른 플레이어들이 판돈을 다 거는 순간, 딜러가 왼쪽 사람부터 첫 번째 카드를 나눠주기 시작했다. 그리고 첫 번째 카드를 나눠준 후에는 두 번째 카드를 분배했다.

각 플레이어들은 이 두 장을 기본으로 게임을 시작해야 했다.

우건은 받은 카드를 슬쩍 보았다.

원공후의 말에 따르면 다이아몬드 에이스와 클로버 킹이었다.

-다이아몬드 에이스와 클로버 킹이면 블랙잭(blackjack)이오?

자기 패를 보던 원공후가 고개를 돌려 우건의 패를 보았다.

-맞습니다. 그게 블랙잭입니다.

-운이 좋군.

-허허허, 역시 첫 끗발이 개 끗발이라는 말이 맞나 봅니다.

블랙잭은 간단히 말해 카드 수에 상관없이 숫자 21이나, 21 안쪽에 더 가까운 숫자를 만들어 딜러를 이기는 게임이었다. 더한 합이 21이 넘으면 버스트라해서, 쉽게 말해 꽝이었다.

블랙잭에는 특이한 규칙이 몇 개 있는데 숫자 10과 킹, 퀸, 잭 세 장을 모두 10으로 계산한다는 점이었다. 그리고 에이스는 1과 11, 둘 중에 하나를 패에 맞게 선택이 가능했다.

이기면 판돈의 1배를 더해 돌려받고 지면 판돈을 다 잃었다.

한데 방금 우건이 받은 패처럼 처음 받은 두 장이 에이스와 킹이어서 바로 21을 만드는 경우에는 블랙잭이라 부르며, 딜러가 같은 블랙잭이 아닌 상황에선 판돈의 1.5배를 받았다.

우건은 첫 번째 판에서 판돈의 1.5배인 75만 원을 번 셈이었다.

그러나 첫 끗발이 개 끗발이란 원공후의 말이 맞는 듯했다.

몇 판 연속으로 진 우건은 바로 일어섰다.

블랙잭은 감으로 하는 게 아니라, 배짱과 정교한 계산으로 하는 게임이었다.

물론, 우건의 머리는 대단히 총명하지만 그 머리를 도박에 쓸 생각이 전혀 없는 게 문제라면 문제였다.

사실, 그는 머리를 쓸 필요도 없었다.

선령안을 쓰면 딜러의 카드를 보는 일이 별로 어렵지 않았다.

딜러가 받은 패가 좋은지 나쁜지 미리 판단해 진행한다면 우건은 오래지 않아 돈방석 위에 앉을 것이 틀림없었다. 그러나 우건은 도박에 흥미가 없을 뿐 아니라, 상대가 누구든 다른 사람을 사기 치는 일에는 더더욱 흥미가 없었다.

물론, 모든 사람이 우건 같지는 않았다.

원공후는 뛰어난 안력과 정확한 계산력, 두둑한 배짱을 이용해 계속 이겼다. 판돈을 점점 올리는 바람에 1시간이 지났을 무렵엔 딜러의 얼굴이 거의 사색으로 변하기 직전이었다.

"더블 다운(double down)."

원공후에게 카드를 건넨 딜러가 식은땀을 흘리며 자기 패를 오픈했다. 이번 역시 원공후의 승리였다.

1시간 동안 딜러가 잃은 돈이 1억에 가까운 상황이었다. 1시간에 1억을 손해 보면 아무리 관대한 카지노라도 반응이 있기 마련이었다.

실제로 반응은 바로 왔다.

다시 등장한 핏 보스가 딜러와 귓속말을 주고받았다.

딜러와 애기를 마친 핏 보스가 정중한 태도로 제안했다.

"실력이 좋은 손님이시군요. 저희 카지노에서는 손님처럼 실력이 좋은 분을 위해 따로 VIP룸을 운영하고 있습니다. 어떠십니까? 판돈을 지금보다 올려 해볼 의향이 있으신지요?"

"맥스가 얼만데 그러는가?"

"무제한입니다."

"미니멈은?"

"천만 원입니다."

원공후가 흡족한 표정을 지었다.

"음, 마음에 드는군. 난 이렇게 찔끔찔끔 베팅하는 게 성미에 영 맞지 않아서 말이야. 좋아, 자네를 믿고 한번 가보지."

핏 보스는 우건과 원공후를 카지노 안에 있는 VIP룸으로 데려갔다. 딜러 역시 남자에서 여자로 바뀌었다. 아주 늘씬한 미녀였는데 화장을 짙게 해 선정적인 분위기를 풍겼다.

핏 보스는 딜러 옆에 서서 테이블 전체를 감시했다.

딜러가 요염한 목소리로 물었다.

"판돈은 얼마로 하시겠습니까?"

원공후가 칩 한 뭉텅이를 딜러 앞으로 밀었다.

"1억으로 하지."

잠시 흠칫한 딜러가 핏 보스를 급히 보았다.

핏 보스의 얼굴이 살짝 굳어졌다.

그러나 이내 원공후 뜻대로 하라는 듯 고개를 끄덕였다.

"그럼 시작하겠습니다."

혀로 입술을 축인 딜러가 카드를 분배하며 게임을 시작
했다.

첫 판은 딜러가 블랙잭을 만들며 가볍게 이겼다.

한 판에 1억이 공중으로 날아가 버린 셈이었다.

그제야 잔뜩 굳어 있던 핏 보스의 얼굴에 살짝 미소가 번
졌다.

그러나 미소가 사라지는 데 걸린 시간은 10분이 채 넘지
않았다.

딜러가 총 열 판을 해서 세 판을 이기고 일곱 판을 진 것
이다.

급기야 손해가 10억에 이르는 순간, 핏 보스의 살집 가득한
얼굴은 마치 터지기 직전의 홍시처럼 새빨갛게 달아올랐다.

핏 보스가 딜러에게 턱짓으로 나가란 신호를 보냈다.

몸을 덜덜 떨던 딜러는 도망치듯 VIP룸을 빠져나갔다.

딜러 자리에 대신 들어간 핏 보스가 위압적인 어조로 물
었다.

"베팅금액을 더 올리는 게 어떻겠습니까?"

"얼마로?"

"3억이 어떻습니까?"

잠시 생각한 원공후가 고개를 끄덕였다.

"그렇게 하지. 단, 조건이 하나 있어."

"조건이 뭡니까?"

"이 칩부터 현금으로 바꿔다줘. 지금부턴 현금으로 할 거야."

원공후가 자기 앞에 산처럼 쌓인 칩을 가리켰다.

칩과 원공후의 얼굴을 번갈아보던 핏 보스가 콧바람을 뿜었다.

"좋습니다."

핏 보스가 바로 무전기를 꺼내 연락했다. 잠시 후, 정장을 입은 사내 두 명이 현금 16억을 마대자루에 담아 가져왔다. 위조지폐 여부를 확인한 원공후가 마대자루를 우건에게 건넸다.

우건은 쓴웃음을 지으며 마대자루를 등에 걸머졌다.

"그럼 시작하겠습니다."

핏 보스가 카드 한 장을 원공후 앞에 놓았다.

다이아몬드 9였다.

핏 보스가 이번에는 자기 카드를 한 장 오픈했다.

하트 퀸이 나왔다.

핏 보스가 플레이어의 두 번째 카드를 원공후 앞으로 밀었다.

스페이드 에이스였다.

에이스는 1과 11 중 하나를 선택할 수 있었기 때문에 원공후는 두 장의 카드로 숫자 20을 만든 상황이었다.

보통이라면 여기서 그만두는 스테이(stay)를 선택할 터였다. 20은 21에 가장 가까운 수여서 아주 높은 패라 할 수 있었다.

원공후에게 좋다는 말은 당연히 딜러에겐 나쁘단 의미였다.

그러나 핏 보스는 전혀 개의치 않는 듯했다.

핏 보스가 자기 카드 한 장을 가져와 하트 퀸 밑에 넣어 감췄다. 그리고는 감춘 카드를 슬쩍 들어 숫자를 확인했다.

카드를 확인한 핏 보스의 얼굴엔 변화가 전혀 없었다.

눈동자의 움직임, 호흡의 길이, 손 떨림이 모두 전과 동일했다.

원공후가 슬쩍 웃으며 전음을 보냈다.

-놈도 타짜군요.

-이길 수 있겠소?

-후후, 전 타짜라 삐기는 놈들을 잡아먹으며 자란 놈입니다.

카드 덱을 슬쩍 본 원공후가 손가락 두 개로 테이블을 쳤다.

"더블 다운."

핏 보스의 미간이 일그러졌다.

더블 다운은 앞으로 카드를 한 장 더 받는 대신에 판돈을 두 배로 올리는 베팅을 뜻했다. 즉, 6억을 건다는 의미였다.

더블 다운은 두 카드의 합이 10이나, 11처럼 21의 반에 해당할 때 쓰는 방법이었다. 10에 해당하는 숫자가 10, 킹, 퀸, 잭 넉 장에 11로 치는 에이스까지 합치면 다섯 장에 이르기에 10이나, 11에 더블 다운을 쓰면 이길 확률이 높았다.

한데 원공후는 20이란 아주 높은 패에서 더블 다운을 걸었다. 더블 다운이야 사실 별 문제가 아니었다.

진짜 문제는 21이 넘어가면 버스트로 베팅한 돈을 잃어야 하는 게 문제였다. 그리고 원공후가 버스트를 하지 않으려면 1과 에이스 둘 중에 하나가 나와야 했다.

확률이 아주 낮은 것이다.

원공후가 덱을 가리켰다.

"이봐, 언제까지 멍하니 있을 거야? 빨리 한 장 줘."

핏 보스가 덱에 있는 카드를 한 장 꺼내 살짝 뒤집었다.

하트 에이스였다.

원공후가 카드 세 장을 합쳐 정확히 21을 만들어 버린 것이다.

"이런 좆같은 경우가!"

카드를 던진 핏 보스가 테이블을 들어 원공후에게 내던
졌다.

## 3장. 원 아이드 잭

원공후는 뱀이 기어가듯 비스듬히 움직여 테이블을 피했다.

백사보였다.

원공후 옆을 스친 테이블이 벽에 부딪치며 산산조각 났다. 부서진 플라스틱 조각과 나무 조각이 유탄처럼 튀어나왔다.

원공후가 히죽 웃었다.

"새끼, 카드 패 좀 안 나올 수 있지. 그게 뭐라고 지랄발 광이야."

그 말에 쌍심지를 켠 핏 보스가 두 팔을 벌리며 달려들었다.

"다른 건 몰라도 네놈의 주둥이만은 내가 직접 찢어야겠다!"

핏 보스가 벌린 두 팔을 앞으로 쭉 밀었다.

그 즉시, 웅혼한 장력이 폭풍처럼 일어나 원공후를 덮쳐왔다.

바닥을 박찬 원공후가 벽과 천장, 그리고 다시 벽을 밟으며 장력을 따돌렸다. 원공후를 헛친 장력이 벽을 무너트렸다.

그때, 정장을 입은 사내 열 명이 뛰어 들어왔다.

"무슨 일입니까?"

"이런!"

"철웅(鐵熊)님을 도와라!"

상황을 파악한 그들은 다섯 명씩 나뉘어 달려들었다.

반은 우건에게, 그리고 나머지 반은 핏 보스에게 쫓기는 원공후에게 달려들었다. 현금이 든 마대자루를 어깨에 걸머진 우건은 남은 한 손을 뱀의 머리처럼 틀어 다섯 번 찔러갔다.

파파파파팟!

파공음이 다섯 차례 연속 울리는 순간, 우건에게 달려들던 다섯 명이 피를 뿌리며 뒤로 날아갔다. 태을십사수 중여러 사람을 상대할 때 쓰는 금사점두(金蛇點頭)라는 초식이었다.

팽이가 돌 듯 한 차례 돈 우건이 다시 금사점두를 펼쳤다. 우건의 팔이 다섯 개로 늘어난 듯한 착각을 불러일으키는 순간, 대가리를 들어 올린 뱀이 먹이를 노리듯 날아갔다.

파파파파팟!

다시 한 번 다섯 차례의 폭음이 울리자, 원공후 뒤를 쫓던 사내 다섯이 비틀거리다가 벽이나 바닥에 부딪쳐 쓰러졌다.

한편, 원공후는 핏 보스와 정면 대결을 막 시작한 참이었다.

원공후의 금계탁오권과 쾌영십팔수가 번갈아 날아가 핏보스의 전신을 흠씬 두들겼다. 그러나 핏 보스는 맞을 때만 잠시 움찔할 뿐, 성난 곰처럼 다시 달려들어 장력을 뿌려댔다.

원공후가 바닥에 침을 퉤 뱉었다.

"빌어먹을, 아주 드러운 외공(外功)을 익혔구나."

외공에는 두 가지 뜻이 있었다.

아니, 정확히 말하면 중원과 한반도에서 말하는 외공이 달랐다.

우선 한반도에서 말하는, 더 정확히 들어가면 한반도 도가와 불가에서 말하는 외공이란 선행을 쌓는 일을 의미했다. 도가의 우화등선(羽化登仙), 불가의 무여열반(無餘涅槃)에 이르기 위해선 내공(內功), 즉 몸과 마음을 단련하는 단계를 넘어 외공, 즉 속세에 뛰어들어 선행을 쌓는 일이 필수라고 생각했다. 태을문이 약자를 돕거나, 악인을 제거해 인간사에 적극 개입하려는 이유 역시 이와 일맥상통했다.

그러나 중원의 외공은 핏 보스가 익힌 것처럼 몸을 무쇠처럼 단단하게 만들어 적의 공격을 막아내는 기공을 의미했다.

외공을 극한으로 연성하면 금강불괴(金剛不壞), 즉 금강석처럼 절대 깨지지 않는 경지까지 이를 수 있었다. 물론, 만독불침(萬毒不侵)처럼 그런 경지에 오른 무인은 극히 드물었다.

핏 보스는 당연히 그런 경지에 이르지 못했다.

우건이 전음을 보냈다.

―조문을 찾을 수 있겠소?

조문은 외공의 약점을 의미했다.

쇳물을 부어 무언가를 만들 때, 쇳물을 붓는 입구가 반드시 필요하듯 외공을 연성하기 위해선 내력을 외공으로 바꾸는 곳이 필요했다. 조문은 바로 그 바꾸는 곳을 가리켰다.

조문의 위치는 어떤 외공이냐에 따라 천차만별이었다.

혈도일 가능성이 가장 높지만 가끔은 몸의 특정한 부위 안에 조문을 두는 경우 역시 적지 않았다. 외공을 익힌 고수에게 조문은 절대적인 약점이었기 때문에 외공 고수들은 자신의 조문을 적에게 숨기기 위해 별의별 수법을 다 사용했다.

핏 보스의 장력을 피한 원공후가 백사보를 펼치며 대답했다.

-이놈의 몸뚱아리에서 조문을 찾으려면 한세월이 걸릴 겁니다.

쓴웃음을 지은 우건은 다시 전음을 보냈다.

-놈을 넘기시오.

-그럴 순 없지요. 이놈은 누가 뭐래도 제 것입니다.

-복도에 매복해 있던 놈들이 오고 있소. 놈들을 막아주시오.

쾌영십팔수로 핏 보스를 물러서게 한 원공후가 귀를 기울였다.

우건 말대로 복도에 매복해 있던 놈들이 달려오는 중이었다.

-놈이 무서워서 넘겨주는 게 아닙니다.

끝까지 한마디 한 원공후가 뒤로 세 바퀴를 돌아 물러섰다.

"도망치는 거냐!"

소리친 핏 보스가 성난 곰처럼 두 팔을 휘두르며 쫓아왔다.

그러나 그의 상대는 이제 원공후가 아니었다.

우건은 핏 보스 앞을 막아서며 비원휘비를 펼쳤다.

핏 보스가 쏜 장력이 비원휘비에 막혀 산들바람처럼 흩어졌다.

핏 보스의 두툼한 얼굴 살이 한차례 출렁거렸다.

원공후는 자신의 장력을 감히 맞받아칠 생각을 못했다.

한데 우건은 가벼운 손짓으로 자신의 장력을 단숨에 파훼했다.

핏 보스는 흠칫해 뒤로 1미터를 물러섰다.

우건은 여전히 현금이 든 마대자루를 걸머진 상태였다.

마치 핏 보스 따위는 한 손으로 상대가 가능하다는 뜻 같았다.

"하앗!"

주먹을 으스러져라 움켜쥔 핏 보스가 기합을 지르며 달려들어 그가 자랑하는 붕산절해장(崩山絶海掌)의 절초를 펼쳤다.

붕산절해장은 독안귀 윤조의 독문절기인 붕산절해권을 장법으로 변화시킨 무공이었다. 천생 신력을 타고난 핏 보스에게는 더할 나위 없는 무공으로 태산 같은 힘이 담겨 있었다.

우건은 섬영보를 옆으로 전개해 장력을 피했다.

그때, 핏 보스가 붕산절해장의 절초인 일장개천(一掌開川)을 펼쳤다. 웅혼한 장력이 해일처럼 우건의 옆구리를 덮쳤다.

우건은 비응보를 펼쳐 뛰어오르며 뒤를 힐끔 보았다.

원공후는 복도에 매복해 있던 고수 10여 명을 막는 중이었다. 핏 보스를 상대할 때와는 다르게 적을 매섭게 몰아쳤다.

원공후와 핏 보스는 사실 상극에 해당했다.

빠른 손놀림으로 여러 번의 타격을 가하는 원공후의 무공은 외공을 익혀 철탑(鐵塔)과 같은 핏 보스에게 타격을 주기 힘들었다. 그러나 외공을 익히지 않은 일반 고수에게는 그가 가진 무공의 특성을 한계까지 끌어내 싸울 수 있었다.

우건이 자신의 공격을 경시하는 모습을 본 핏 보스의 얼굴에 핏줄이 도드라지기 시작했다. 화가 많이 났단 뜻이었다.

핏 보스가 두 팔을 동시에 뻗으며 날아들었다.

그 즉시, 양손의 장심에서 강력한 장력이 동시에 튀어나왔다.

붕산절해장의 마지막 초식 양장파천(兩掌破天)이었다.

장력이 가진 힘이 엄청나 우건의 옷깃이 찢어질 듯 펄럭였다.

그러나 우건은 피하지 않았다.

오히려 앞으로 몸을 날리며 왼손 장심을 밀어갔다.

쿠르릉!

천둥이 치는 것 같은 음향이 들린 후, 핏 보스가 양장파천으로 쏟아낸 장력이 갈가리 찢겨 사라졌다. 태을진천뢰에는 붕산절해장 따위로는 막아낼 수 없는 양강한 위력이 있었다.

힘 싸움에서 밀린 핏 보스가 정신없이 물러섰다.

쿵쿵쿵쿵!

그가 물러설 때마다 대리석 바닥이 박살나며 발자국이 찍혔다.

연속해서 다섯 걸음을 물러선 후에야 핏 보스는 신형을 다시 세울 수 있었다. 그러나 태을진천뢰의 위력은 거기서 끝나지 않았다. 핏 보스가 버텨냈다 싶은 순간, 갑자기 덮쳐온 태을진천뢰의 여력(餘力)에 휘말려 뒤로 3미터를 날아갔다.

콰앙!

벽에 부딪힌 핏 보스가 꿈틀거리며 일어섰다.

상처 입은 곰처럼 두 발로 선 핏 보스의 목울대가 꿈틀거렸다.

"우웩!"

검은 피를 한 사발 토한 핏 보스가 소매로 입가를 쓱 훔쳤다.

"대단한 일장이었다만 그런 걸로는 나를 쓰러트리지 못한다!"

우건은 핏 보스의 맷집에 솔직히 감탄했다.

태을진천뢰를 몸으로 때울 수 있는 사람은 많지 않았다.

"크아아!"

맹수가 포효하듯 괴성을 지른 핏 보스가 재차 덤벼왔다.

우건은 그런 맹수를 향해 왼손 장심을 빠르게 밀어갔다.

이를 악문 핏 보스는 장력을 향해 자기가 먼저 몸을 들이밀었다. 우건의 장력을 몸으로 일단 받아낸 다음, 붕산절해장의 절초를 펼쳐 한 방에 끝내려는 생각처럼 보였다. 자신이 익힌 외공을 믿지 않으면 감히 할 수가 없는 행동이었다.

그러나 핏 보스는 우건에게 다른 장법이 있단 사실을 몰랐다.

퍼엉!

우건의 장력이 핏 보스의 가슴에 작렬하는 순간, 핏 보스의 얼굴이 경악으로 일그러졌다. 20년이 넘는 세월 동안 각고의 노력으로 완성했던 핏 보스의 구뢰철탑공(九牢鐵塔功)이 금이 간 유리조각처럼 허물어져 내리는 고통을 받고 있었다.

쿠웅!

핏 보스의 거대한 동체가 쓰러지며 싸움이 끝났다.

핏 보스가 금강불괴지신(金剛不壞之身)이 아닌 이상, 태을문 파금장에 박살나지 않는 외문기공(外門奇功)은 없었다. 파금장 자체가 외문기공을 파훼하기 위해 만든 장법이었다.

우건은 고개를 돌려 뒤를 보았다.

원공후 역시 적을 모두 해치운 상태였다.

"지금부턴 너랑 재미 좀 봐야겠다."

원공후는 기절하지 않은 적을 일으켜 세워 취조하기 시작했다.

우건은 그 틈에 VIP룸을 나와 홀을 찾았다. 홀에 있던 손님과 웨이트리스들은 모두 뒷문으로 빠져나간 듯했다. 미처 환전하지 못한 칩과 반쯤 탄 시가가 여기 저기 널브러져 있었다.

잠시 후, 원공후가 만족한 얼굴로 나왔다.

"역시 이곳에 있는 놈들은 아는 게 훨씬 많았습니다."

"이경준이란 사람이 어디 있는지 알아냈소?"

원공후가 천장을 가리켰다.

"이 건물 3층에 있답니다."

두 사람은 홀을 나와 3층으로 올라갔다.

홍귀방도 몇이 막아서려다가 원공후에게 혼쭐이 나 도망갔다.

"저 방인 것 같습니다."

3층에 도착한 원공후가 문을 걷어차며 방 안으로 뛰어들었다.

방 안에는 가구가 없었다.

쇠창살로 막아놓은 창문과 쇠기둥 하나가 전부였다. 한데 쇠기둥에는 짐승을 묶을 때 사용하는 쇠사슬이 달려 있었다.

우건의 시선이 쇠사슬을 따라 어둠에 가려져 있는 부분으로 빠르게 이동했다. 쇠사슬 끝엔 개목걸이가 달려 있었다. 그리고 그 개목걸이는 발가벗은 중년 사내의 목에 감겨 있었다.

원공후가 달려가 중년 사내를 끌어안았다.

"이봐, 경준이. 정신 차려!"

벌거벗은 중년 사내가 은수의 아버지 이경준인 듯했다.

원공후는 급히 외투를 벗어 이경준의 벌거벗은 몸을 감쌌다.

그러나 한겨울에 난방이 없는 감옥에서 벌거벗은 상태로 며칠을 지낸 이경준의 몸은 외투로 덮혀질 상태가 아니었다.

원공후는 바로 이경준의 맥문을 잡아 내력을 불어넣었다. 그러나 원공후의 심법은 음유한 쪽에 가까워 소용이 없었다.

"내가 하겠소."

"그래 주시겠습니까?"

원공후를 물러서하게 한 우건은 태을혼원심공을 운기했다. 곧 양의 기운과 음의 기운이 동시에 일어나 단전을 휘돌기 시작했다. 지금은 천지조화인심공을 익히는 중이라 운기할 일이 많지 않았지만, 한때는 대성에 성공한 적이 있는 심법이었다. 심법의 공능을 사용하는 데 문제가 전혀 없었다.

우건은 그중 양의 기운을 이경준의 맥문에 주입했다.

그러기를 얼마쯤 했을까.

굳게 닫힌 이경준의 눈꺼풀이 조금씩 떨리기 시작했다.

정신이 돌아오고 있다는 증거였다.

원공후가 다시 달려와 이경준을 흔들었다.

"이보게, 경준이! 날세! 정신이 드나?"

원공후의 목소리를 알아들은 듯 이경준이 눈을 떴다.

"형, 형님이십니까?"

"이 사람아, 이게 대체 무슨 일인가?"

이경준이 뼈만 남은 손을 뻗어 원공후의 팔을 잡았다.

"형, 형님이시군요. 전, 전 형님이 구하러 오실 줄 알았습니다."

"어떻게 된 건가?"

이경준의 눈가에 눈물이 맺혔다.

"다, 다 이 동생이 못, 못난 탓입니다."

"그게 무슨 말인가?"

"놈, 놈들은 일, 일부러 제게 접근해 도박을 하게 만들었습니다."

원공후가 급히 물었다.

"놈들이 왜 그런단 말인가?"

그때, 회광반조(廻光反照)가 끝난 듯했다.

이경준의 눈에 어려 있던 약간의 생기가 급격히 꺼졌다.

눈을 감은 이경준을 보며 원공후가 우건에게 물었다.

"이, 이 친구가 갑자기 왜 이러는 겁니까?"

우건은 말없이 고개를 저었다.

그 모습을 본 원공후가 한탄을 토하며 이경준의 뺨을 쳤다.

"이보게! 정신 좀 차려보게!"

이경준이 꺼져가는 목소리로 대꾸했다.

"형, 형님, 이제 죽나봅니다⋯⋯. 너무 춥군요⋯⋯."

원공후가 안타까워하며 소리쳤다.

"유언이 있으면 지금 하게!"

간신히 눈을 뜬 이경준이 원공후의 얼굴을 힘없이 응시했다.

"은, 은수를 부탁드려도⋯ 되겠습니까?"

원공후가 붉어진 눈가를 훔치며 대꾸했다.

"걱정 말고 편히 가게. 은수는 내가 친딸처럼 보살펴주겠네."

그 말에 안심한 걸까?

이경준은 편한 표정으로 눈을 감았다.

죽은 이경준을 잠시 내려다보던 원공후가 일어서며 물었다.

"어떻게 하시겠습니까?"

"독안귀 윤조의 소재는 알아냈소?"

"올림픽공원 옆에 있는 로열크라운빌딩 펜트하우스에 산답니다."

우건이 손을 내밀었다.

"차키를 주시오."

"차키는 어찌 찾으십니까?"

"차에 실어둔 검이 필요하오."

원공후가 차키를 건네며 조금 놀란 목소리로 물었다.

"놈을 칠 생각이십니까?"

차키를 받은 우건이 돌아섰다.

"당신은 그를 이 소저에게 데려가시오."

그 말을 남긴 우건은 곧 신법을 펼쳐 모습을 감췄다.

"고맙습니다."

원공후는 우건이 떠난 방향을 향해 머리를 숙여보였다. 절을 마친 후에는 이경준의 시신을 옷자락으로 감싸들고

카지노를 나왔다. 접수대와 카페를 지키던 남자와 여자 역시 사라진 상태였다. 멀리 주차해 둔 차를 카지노 앞에 가져온 원공후는 옷자락에 싸둔 이경준의 시신을 뒷자리에 실었다.

원공후는 차 안에 이경준의 시신을 내려놓으며 뒤를 보았다.

보자기에 싸서 뒤에 놓아둔 우건의 검이 보이지 않았다. 그리고 대시보드 안에 넣어둔 장치 역시 몇 개가 모습을 감췄다.

운전석에 앉아 룸미러로 뒷자리에 안치한 이경준의 시신을 잠시 바라보던 원공후는 한숨을 내쉬다가 집으로 돌아갔다.

집에 도착한 원공후는 잠시 주저했다. 그러나 이내 입술을 살짝 깨문 원공후는 이경준의 시신을 쾌영문 안으로 옮겼다.

은수는 아버지를 보기 무섭게 털썩 주저앉아 서럽게 통곡했다.

"아버지!"

김은에게 눈짓으로 장례준비를 지시한 원공후가 은수를 달랬다.

"네 아버진 편한 곳으로 가셨다. 너무 슬퍼 말거라."

"전, 전 이제 어쩌면 좋아요?"

원공후가 은수의 어깨를 보듬어 안았다.

"넌 이제 내 딸이다. 네가 널 지켜주마."

"아, 아저씨가요?"

"네 아버지의 유언이다. 그리고 난 그 유언을 지킬 생각
이다."

은수는 원공후에게 안겨 펑펑 울었다.

원공후는 씁쓸한 얼굴로 그런 은수의 어깨를 다독였다.

"주공께서 대신 복수하러 가셨다. 곧 좋은 소식이 들릴
게야."

은수가 눈물 가득한 얼굴로 물었다.

"그, 그분이 아버지 복수를요?"

원공후는 노을이 내려앉은 창밖을 응시하며 대답했다.

"주공은 내가 아는 사람들 중 가장 강한 분이시다. 반드
시 복수에 성공하여 네 아버지의 원통함을 풀어주실 것이
다."

은수는 아버지의 시신 위에 엎드려 다시 서럽게 울었다.

조용한 가운데 은수의 통곡소리만 간간이 들려올 따름이
었다.

❖ ❀ ❖

우건은 나무가 만든 짙은 어둠 속에 숨어 고개를 들었다.

원공후가 알려준 올림픽공원 옆 로열크라운빌딩이 칙칙한 어둠 속에서 육중한 동체를 자랑하며 그를 내려다보았다.

로열크라운 빌딩은 지상 5층짜리 건물이었다. 상류층을 위해 지은 고급 빌라였지만 우편함에 있는 이름은 하나였다. 윤조건(尹趙建). 아마 윤조가 이곳에서 쓰는 이름인 듯했다.

우건은 보자기에 싸둔 한상검을 꺼내 손에 쥐었다.

전에는 칼과 같은 도검류(刀劍流)를 소지하는 일이 그렇게 어렵지 않았다. 그러나 이곳은 시민에게 신고당하거나, 아니면 순찰 도는 경찰에게 붙잡힐 가능성이 아주 높았다.

나무 밑에서 나온 우건은 빌딩 앞 도로를 살펴보았다.

겨울이라 그런지 차와 사람 모두 많지 않았다.

우건은 도로를 건너 빌딩 정문으로 천천히 걸어갔다.

빌딩 근처를 감시하는 카메라가 눈에 띌 때마다 우건은 재빨리 지풍을 발출해 모니터를 부쉈다. 원공후가 준 인피면구를 착용했기에 얼굴이 정면으로 찍혀도 경찰에게 추적당할 위험은 없었지만 미리 조심해서 나쁠 게 없는 상황이었다.

통유리로 만든 정문은 닫혀 있었다. 그리고 그 옆에는 인터폰이 있었다. 우건은 이제 인터폰을 쓸 줄 알았다. 그러나 그는 지금 빌딩을 찾은 손님이 아니었다. 내력을 실은 손으로 문틈을 벌려 안으로 들어갔다. 보안설비를 설치하지 않은 듯 경고음이 울리지 않았다. 깔끔한 로비가 보였다.

우건은 감시카메라를 부수며 계단을 따라 2층으로 올라갔다.

보안설비가 없는 이유가 곧 밝혀졌다.

2층에 막 올라설 때였다.

쿠앙!

경첩째 뜯긴 철문이 우건에게 날아왔다.

스릉!

하얀 섬광이 번쩍하는 순간, 철문이 두 쪽으로 잘려 날아갔다.

신기와 같은 발검술(拔劍術)로 문을 자른 우건은 선령안을 펼쳤다. 문 뒤에 매복한 사내가 칼로 그의 허리를 베어왔다.

우건은 검을 내리쳐 막으며 왼손으로 파금장을 펼쳤다.

펑!

파금장에 가슴을 얻어맞은 사내가 끈 떨어진 연처럼 날아갔다.

그리고 그게 시작이었다.

사방에서 윤조의 부하들이 공격해오기 시작했다.

우건은 그들의 저항을 분쇄하며 한 층, 한 층 위로 전진했다. 윤조의 부하들이 흘린 피가 시냇물처럼 계단을 따라 흘러내렸다.

5층 펜트하우스 앞 넓은 복도 앞을 막아선 자는 머리카락이 희끗한 초로의 사내였다. 나이만 많이 먹은 게 아니라는 듯 다른 자들에 비해 기도가 확실히 남다른 면이 있었다.

쾌검수인 듯 검을 검집에 넣은 자세에서 상체를 약간 수그렸다. 또, 오른손은 자연스럽게 내려놓은 상태에서 검집을 쥔 왼손은 기회를 포착하듯 시계추처럼 살짝 까딱거렸다.

그때, 사내의 왼손이 동작을 멈췄다.

쉬앙!

뒤이어 검이 검집을 긁을 때 나는 소음이 귀청을 찔러왔다.

우건은 몸을 틂과 동시에 한상검을 앞으로 찔러갔다.

치익!

검신과 검신이 교차하는 순간, 매캐한 냄새가 진동했다.

"헉!"

헛바람을 집어삼킨 사내가 비틀거리며 물러섰다.

사내의 심장에는 검봉이 만든 상흔이 선명히 남아 있었다. 상흔에서 흘러나온 피가 곧 사내의 상체 전체를 붉게 적셨다.

우건은 왼손으로 목옆에 난 상처를 훑었다.

피가 묻어나왔다.

그러나 지혈이 필요할 만큼 심한 상처는 아니었다.

입술을 달싹이던 사내가 푹 잠긴 목소리로 중얼거렸다.

"분, 분명 내, 내가 더 빨랐는데……."

우건은 담담한 목소리로 대꾸했다.

"쾌검이 만능은 아니니까."

"선수후공(先守後攻)이란 말인가……."

그 말을 남긴 사내는 피를 토하며 넘어갔다.

방금 전, 사내는 우건의 목을 쾌검으로 찔러왔다. 그러나
우건은 사내를 먼저 노리지 않았다. 우건이 노린 목표는 사
내가 찌른 검이었다. 여기서 사내를 직접 노리는 행위는 위
험을 동반할 수밖에 없었다. 최악의 경우에는 같이 죽는,
즉 동귀어진(同歸於盡) 상황이 펼쳐질 위험이 존재했다.

생역광음으로 사내의 검신을 건드려 궤도를 빗나가게 만
들었다. 속도의 차이는 크지 않을지 모르지만 내력과 완력
에는 차이가 커서 사내의 검은 목을 살짝 건드리며 빗나갔
다.

그러나 우건의 검은 그대로 직진해 사내의 심장을 관통
했다.

사내를 쓰러트린 우건은 펜트하우스의 문을 검으로 갈랐
다.

펜트하우스라는 말을 실감하게 만드는 풍경이 펼쳐졌다.

운동장처럼 넓은 거실과 거대한 수조, 그리고 높은 천장이 먼저 눈에 들어왔다. 수조 속에서는 다른 고기를 잡아먹고 사는 커다란 물고기 한 마리가 유유히 헤엄치는 중이었다.

우건은 도로처럼 넓은 복도를 지나 안으로 들어갔다. 거실 남쪽에는 통유리로 만든 유리창과 베란다가 있었다. 그리고 베란다 뒤에는 웬만한 집의 마당만 한 정원이 있었다. 유리창 너머로는 어둠에 잠긴 올림픽공원 전경이 내려다보였다.

우건은 소파와 테이블을 지나 유리창 쪽으로 걸어갔다.

유리창 앞에는 푹신한 의자 하나가 놓여 있었다. 그리고 의자 위에는 한 손에 와인 잔을 든 중년 사내가 편안한 자세로 앉아 있었다. 사내는 저녁 풍경을 감상하며 와인을 입에 가져갔다. 와인이 어두운 조명 속에서 피처럼 붉은색을 발했다.

소파의 사내가 천천히 일어섰다.

손에는 여전히 와인 잔이 들려 있었다.

일어선 사내가 물이 흐르듯 자연스러운 동작으로 돌아섰다.

막 중년에 접어든 듯한 사내였다.

머리카락을 뒤로 넘긴 강퍅한 인상의 사내였다. 얼굴에 살이 거의 없어 어두운 조명으로 보니 눈 두 개만 떠 있는 듯했다.

특이한 점이라면 두 눈의 색깔이 미묘하게 다르단 점이었다. 오른쪽 눈에서는 번갯불과 같은 광채가 쉴 새 없이 번쩍이는 반면, 왼쪽 눈은 가라앉아 있어 감정을 전혀 읽을 수 없었다. 마치 무저갱(無低坑) 속의 심연을 바라보는 듯했다.

사내가 속세를 초월한 초인(超人)이 아니라면 검은 보석으로 만든 의안(義眼)일 터였다. 사내가 바로 독안귀 윤조였다.

윤조가 잔에 와인을 따르며 물었다.

"한 잔 할 텐가?"

우건은 잔 밑에서 찰랑거리는 와인을 보다가 고개를 저었다.

"술을 마실 기분이 아니오."

와인을 다 따른 윤조가 한 모금 마시며 다시 물었다.

"왜 술을 마실 기분이 아닌가? 슬퍼서? 아님 기뻐서?"

"술을 별로 좋아하지 않소."

윤조가 혀를 찼다.

"저런. 자넨 인생의 큰 낙을 모르고 사는군. 이 와인은 그냥 와인이 아니라, 그랑 크뤼일세. 명주(名酒)에 가격 이야기를 꺼내는 것은 명주에 대한 실례일지 모르지만 2천만 원을 호가하는 1985년산이지. 날짐승 같은 맛과 냄새가 난다네."

남은 와인을 한 번에 다 비운 윤조가 잔을 내려놓았다.

"문을 지키던 놈을 봤나? 여기까지 들어왔으면 당연히 봤겠지. 내가 멍청한 질문을 했군. 어쨌든 그놈은 내가 쾌공을 들여 키운 놈일세. 난 몇 년 전에 다비금강권의 요체라 할 수 있는 쾌결(快訣)을 검법에 이식해 일검일사(一劍一死)라는 쾌검식을 만들었네. 일검일사라면 상대가 누구든 최소한 중상을 입힐 수 있을 거라 생각했네. 나 역시 놈의 일검일사 앞에서는 감히 방심할 생각을 하지 못했으니까. 한데 자네는 멀쩡하군. 내 생각보다 두 배는 강한 모양이야."

우건은 주위를 둘러보았다.

윤조 외에 다른 사람은 없었다.

"혼자요?"

윤조가 키득거리며 되물었다.

"왜? 나 혼자인 게 이상한가?"

"부하들이 내가 간다는 연락을 했을 텐데 혼자 기다린 거요?"

윤조가 갑자기 허리를 젖히며 웃음을 터트렸다.

"하하, 대단한 자신감이군. 설마 네가 무서워서 형님들에게 연락할 거라 생각한 건가? 이런, 이런. 번지수를 잘못 찾았어."

웃기를 멈춘 윤조가 턱짓으로 우건의 얼굴을 가리켰다.

"인피면구?"

"그렇소."

"얼굴을 드러낼 자신도 없이 쳐들어왔다는 말인가?"

"당신과는 상관없는 문제요."

"흐음, 경찰을 두려워하는군."

"마음대로 생각하시오."

윤조가 소파로 걸어오더니 테이블에 있는 리모컨을 집었다.

벽에 걸린, 그리고 한눈에 다 담기 어려울 정도의 크기를 자랑하는 대형 텔레비전에 불이 들어오더니 화면이 켜졌다.

텔레비전에는 10여 개의 화면이 분할되어 있었는데 그중 두 개는 원 아이드 홀과 VIP룸 두 곳을 녹화한 화면이었다.

"원 아이드에 있는 감시카메라로 너와 팔이 긴 놈팽이가 활약하는 장면을 봤지. 얼굴이 좀 달라지긴 했지만 본 적이 있는 놈이더군. 아마 강북에서 주로 활동하던 쾌수 원공후란 놈이었을 거야. 제천회 대청에서 봤으니까 틀림없겠지."

우건은 여전히 담담한 음성으로 물었다.

"하고 싶은 말이 뭐요?"

"네놈을 원공후 같은 도둑놈이 키웠을 리 없단 생각이

들더군. 네놈도 그날 대청에 있었나? 아님 다른 놈의 제자인가?"

"마음대로 생각하시오. 어차피 진실을 알기 전에 죽을 테니까."

윤조가 피식 웃었다.

"패기가 마음에 드는군."

텔레비전을 끈 윤조가 기세를 끌어올리며 물었다.

"이은수란 계집과 그년의 멍청한 아비를 위해 이러는 것인가?"

"어느 정돈 맞지만 그게 다는 아니오."

"다른 이유가 있단 건가?"

"직접 알아보시오."

"그래, 지금부터 직접 알아봐야겠지."

그 말이 끝나는 순간, 윤조 주위에 있는 소파와 테이블이 튕겨나갔다. 윤조가 기세를 극한까지 끌어올렸다는 증거였다.

부아앙!

공기가 타는 듯한 굉음과 함께 주먹이 얼굴을 쳐왔다. 우건은 급히 고개를 젖혔지만 목에 충격을 받을 수밖에 없었다.

호신강기가 아니었으면 목이 부러졌을 속도와 위력이었다. 일검일사를 펼친 중년 사내보다 윤조의 주먹이 더 빠른 듯했다.

우건은 벽으로 날아가는 몸을 급히 세우며 검을 끌어올렸다.

그때, 따라붙은 윤조가 주먹을 연속 휘둘렀다.

파파팟!

윤조의 겨드랑이 밑에서 수십 개의 팔이 튀어나와 동시에 주먹을 찔러오는 듯했다. 윤조가 자랑하는 다비금강권의 천수여래(千手如來)였다. 우건은 돌아서며 검을 수직으로 찍었다.

카아앙!

새하얀 검광이 천수여래가 만든 주먹의 그물을 단숨에 잘랐다.

천지검의 절초 일검단해였다.

그 틈에 몸을 세운 우건은 바로 반격해 들어갔다.

쉭쉭!

생역광음을 두 번 연속 전개해 윤조의 좌우 팔뚝을 갈랐다.

그러나 살갗이 찢어지는 데서 그쳤다.

생역광음이 가진 위력이라면 살이 아니라, 근육과 뼈가 부서져야 맞지만 윤조의 몸은 강철보다 훨씬 단단한 듯 보였다.

우건의 머릿속에 원 아이드에서 겨루었던 핏 보스가 떠올랐다.

그가 익힌 구뢰철탑공의 원 주인이 윤조였던 것이다.

윤조는 대성한 구뢰철탑공을 앞세워 미친 듯이 공격해왔
다.

파파팟!

윤조의 주먹이 허공을 가를 때마다 공기가 타는 듯한 냄
새와 함께 그 주위에 있는 소파와 벽, 장식장 등이 박살났
다.

우건은 천지검의 절초와 외공을 파훼하기 위해 만든 파
금장을 양손으로 펼치며 윤조의 폭풍과 같은 공세를 저지
했다.

워낙 쾌 일변도의 대결이라 순식간에 30합이 지나갔
다.

고급 가구와 장식품으로 가득했던 펜트하우스는 순식간
에 쓰레기장으로 변모했다. 윤조가 다리가 부서진 테이블
을 걷어찼다.

부웅!

테이블이 마치 화살처럼 우건에게 쏘아져왔다.

우건은 섬영보를 펼쳐 피하며 파금장을 뿌렸다.

쾅아앙!

박살난 테이블이 수백 조각으로 변해 사방으로 날아들었
다.

그때, 파편 속에서 윤조의 주먹이 섬광처럼 날아들었
다.

우건은 급히 호신강기를 펼치며 뒤로 물러섰다.

쿵!

피하는 게 조금 늦은 듯 가슴에 일권을 맞았다.

호신강기가 있어 중상은 면했지만 기혈이 들끓기 시작했다.

승기를 잡은 윤조는 공세를 더 강화했다.

오른 주먹으론 여전히 폭풍과 같은 권풍을 연신 쏟아냈다. 한데 힘을 주어 말아 쥔 왼 주먹은 마치 태풍의 눈처럼 고요하기 짝이 없었다. 붕산절해권을 펼치기 직전임을 깨달은 우건은 검을 쥐지 않은 왼손에 태을진천뢰를 준비했다.

한 개의 검과 세 개의 권장(拳掌)이 지체 없이 서로 부딪쳤다.

콰앙!

붕산절해권의 장중한 기도와 태을진천뢰의 양강한 장력이 만나는 순간, 진공상태로 변했다가 터지는 것처럼 사방으로 경력이 빗발쳤다. 충격의 여파로 인해 3, 4미터를 날아간 윤조는 허공에서 몸을 홱 뒤집더니 재차 공격을 가해 왔다.

이번에는 오른 주먹으로 붕산절해권을, 왼 주먹으로 다비금강권을 펼쳤다. 윤조는 쾌중이절을 자유자재로 펼칠 수 있는 듯했다. 우건은 재빨리 검으로 윤조의 왼 주먹을,

태을진천뢰로 오른 주먹을 막아갔다. 다시 한 번 한 개의 검과 세 개의 권장이 충돌하려 할 때였다. 빠른 속도로 날아들던 윤조의 왼 주먹이 다시 느려지기 시작했다. 그리고 천천히 움직이던 오른 주먹은 형제가 없어질 정도로 빨라졌다.

윤조가 충돌하기 직전, 다시 한 번 손을 바꾼 것이다.

이는 윤조가 자랑하는 절기 쾌중역수(快重易手)였다.

이미 상대의 공격에 맞는 수법으로 방어태세를 완비한 우건으로선 완벽히 허를 찔린 셈이었다. 천지검의 빠른 검초로는 붕산절해권의 장중한 기도를, 양강한 태을진천뢰로는 다비금강권의 쾌속함을 상대할 수 없었다. 아니, 상대는 할 수 있겠지만 구뢰철탑공을 익힌 윤조의 외공을 뚫지 못했다.

그 틈에 붕산절해권은 빠른 검초를 부수고 들어와 우건에게 치명상을 입힐 터였다. 그야말로 절체절명의 순간이었다.

윤조의 입가에 자신감이 어리기 시작했다.

한데 그때였다.

빠른 검초를 구사하던 우건의 검이 느려지기 시작했다. 그리고 양강한 위력을 뿜어내던 태을진천뢰의 장력이 사라짐과 동시에 표홀한 느낌을 주는 부드러운 장력이 장내를 갈랐다.

펑펑펑펑펑!

우건이 발출한 장력은 윤조가 펼친 다비금강권을 일일이 요격해 막아냈다. 윤조의 다비금강권에 못지않은 빠르기였다.

또, 우건이 발출한 느린 검초는 순식간에 대해처럼 늘어나 윤조가 발출한 붕산절해권의 장중한 기도를 아예 덮어버렸다.

윤조는 두 팔이 저릿하며 순간적으로 기혈이 끊기는 느낌을 받았다. 그만큼 우건이 방금 펼친 수법은 그의 예상을 훨씬 뛰어넘는 바가 있었다. 윤조가 멈칫하는 순간, 우건의 왼손이 윤조 옆구리에 거머리처럼 찰싹 붙었다. 위기를 직감한 윤조가 팔꿈치를 휘둘러 우건의 머리를 후려치려 했다.

그러나 우건의 왼손이 훨씬 빨랐다.

퍼엉!

우건의 전력을 다한 파금장이 윤조가 자랑하는 구뢰철탑공을 단숨에 박살냈다. 그동안은 쾌중이절에 막혀 몸 가까이 접근할 방법이 없었지만 방금 전의 충돌로 기혈이 들끓는 윤조로서는 파금장을 막을 수단이 전혀 없는 상황이었다.

외공이 박살난 윤조가 피를 뿜으며 뒤로 날아갔다.

우건은 지체 없이 생역광음을 펼쳤다.

쉬익!

눈이 부시도록 차가운 한상검의 광채가 거실을 가르는
순간, 윤조의 이마에 커다란 구멍이 뚫렸다. 뒤로 날아갈
때는 살아 있었지만 벽에 부딪혀 떨어질 때는 숨이 끊어져
있었다.

우건은 그제야 한상검을 갈무리했다.

4장. 도산검림(刀山劍林)

우건이 마지막에 펼친 표홀한 장법은 표풍장(漂風掌)이
었다.

태을진천뢰가 태을문 장법의 양강함을 대표한다면, 표풍
장은 음유함을 대표하는 장법이었다. 특히, 표풍장은 가볍
기 짝이 없어 윤조의 다비금강권을 일일이 요격할 수가 있
었다.

또, 윤조가 펼친 붕산절해권을 순식간에 덮어버린 느린
검초는 천지검의 대해인강(大海咽江)이라는 초식이었다.
대해인강은 강물을 집어삼키는 바다처럼 아주 장대한 초식
이었다.

윤조의 권법이 아무리 산을 부수고 바다를 가른다 한들 천천히 잠식해 들어오는 대해 앞에선 별 소용이 없는 법이었다.

바다는 결국 바다일 뿐이었다.

윤조가 태을문에 대해 알았다면 결코 우건 앞에서 쾌중역수를 펼치는 우를 범하지 않았을 터였다. 분심공을 익힌 우건은 윤조처럼 억지로 공격수법을 바꾸기 위해 심력을 낭비할 이유가 없었다. 우건은 자연스럽게 강맹한 초식을 부드러운 초식으로, 빠른 초식을 느린 초식으로 바꿀 수 있었다.

오히려 우건이 쾌중이절에 대한 이해가 더 뛰어난 셈이었다.

로열크라운빌딩을 나온 우건은 주위를 둘러보았다.

펜트하우스에서 꽤 큰 소리가 난 터라, 소요(騷擾)가 있을 줄 알았는데 처음 들어올 때와 마찬가지로 조용했다. 소음에 항의하는 주민도, 경광등을 켠 경찰차도 보이지 않았다.

아마 윤조와 윤조가 부리는 부하에게 겁을 먹어 감히 불만을 표시할 생각을 못하는 듯했다. 우건은 도로를 건너 공원으로 들어갔다. 그리고 날이 저물기를 기다릴 때 이용했던 나무 밑에 들어가 잠시 대기했다. 얼마 지나지 않았을 때였다. 검은 밴 다섯 대가 굉음과 함께 나타나 빌딩을 포위했다.

곧 밴에서 정장을 입은 사내들이 뛰어내려 빌딩으로 들어갔다.

홍귀방 방도인 듯했다.

우건은 월광보를 펼쳐 신형을 감추었다. 밴 옆에는 무공을 익힌 조직원 한두 명이 차를 지키며 서 있었지만, 우건의 존재를 전혀 알아채지 못했다. 우건은 은동철 삼형제 중 둘째 김동이 만든 추적 장치를 밴 바닥 깊숙한 곳에 설치했다.

추적 장치의 설치를 완료한 우건은 공원에 돌아와 조용히 기다렸다. 추적자는 보이지 않았다. 우건은 바로 복귀했다.

쾌영문 앞에는 상갓집을 의미하는 조등(弔燈)이 걸려 있었다.

문을 여는 순간, 상복을 입은 은수와 원공후의 모습이 보였다. 삼형제는 장례준비를 위해 제수용품을 옮기는 중이었다.

원공후가 걸어와 머리를 숙였다.

"오셨습니까?"

"여기서 상을 치를 거요?"

"그래야 할 듯합니다."

힘없는 모습으로 앉아 있는 은수를 힐끗 보며 원공후가 물었다.

"놈은 어찌 되었습니까?"

"죽었소."

"천벌을 받았군요."

원공후가 은수에게 걸어가 귓속말로 뭐라 말했다.

힘이 없어보이던 은수의 눈에 처음으로 생기가 돌았다.

원공후의 부축을 받아 일어선 은수가 허리를 굽혀 인사
했다.

아버지의 복수를 대신 해줘 고맙다는 뜻이었다.

고개를 살짝 끄덕인 우건은 집으로 돌아와 샤워 먼저 했
다. 샤워를 마친 후에는 삼매진화로 옷을 태웠다. 피가 묻
거나, 찢어진 곳은 없었지만 오늘 로열크라운빌딩에 쳐들
어간 사람이 그임을 입증할 수 있는 증거는 미리 없애둬야
했다.

새 옷으로 갈아입은 우건은 옥상 연공실을 찾아 소진한
내력을 보충하는 한편 윤조와 벌인 대결을 천천히 복기해
보았다.

오늘 대결은 초식싸움에서 갈렸다.

윤조는 쾌중이절이라는 상당히 특이한 무공을 사용했다.
쾌중이절이 워낙 특이해 처음 상대한 사람은 낭패를 겪을
공산이 높았다. 우건 역시 마찬가지였다. 원공후에게 쾌중
이절에 관한 정보를 얻지 못했으면 이렇게 쉽게 승리하지
못했다.

요즘 우건을 괴롭히는 최대 화두는 초식이었다.

한계가 명확한 내력을 적재적소에 사용해 상대를 쓰러트리기 위해선 초식을 예전보다 좀 더 갈고닦을 필요가 있었다.

전에는 초식을 신경 쓰지 않았다.

초식을 신경 쓰면 오히려 형(形)에 갇혀 새로운 경지로 올라서는 데 방해를 받는다는 생각이 강했다. 그러나 내력을 간신히 회복한 지금은 초식이야말로 그가 가진 가장 강력한 무기였기 때문에 마치 무공을 처음 배울 때처럼 초식에 몰두했다. 한데 놀라운 일은 오히려 초식을 다시 갈고닦기 시작하면서 새로운 경지가 조금씩 눈에 보인다는 점이었다.

아마 태을혼원심공을 대성해 내력이 충만한 상태였으면 절대 들어서지 못했을 경지였다. 전화위복이란 이런 때를 위해 있는 말처럼 들릴 지경이었다. 우건은 초식 속으로 침잠해 들어갔다. 머릿속에 떠오른 초식을 조각조각 잘랐다. 그리고 몇 개의 초식을 합쳐보았다. 그럴 때마다 새로운 수법과 새로운 초식이 끊임없이 떠올라 합쳐졌다가 사라졌다.

다음 날 아침까지 초식을 연마한 우건은 전에 구입한 검은색 양복으로 갈아입었다. 몇 달 전 수연과 함께 쇼핑을 갔을 때, 처음 구입한 양복이었다. 당시에는 입을 일이 없을 듯해 거절했지만 수연이 강권하여 억지로 구입한 옷이었다.

한데 지금은 오히려 사기를 잘했단 생각이 들었다.

이곳에서 검은 양복은 관혼상제(冠婚喪祭)에 참석하는 남자의 필수품과 같았다. 수연 역시 검은색 옷으로 차려입었다.

"이리와요."

수연이 우건의 옷매무새를 고쳐주며 물었다.

"넥타이는요?"

"주머니에 있어."

"줘요. 매줄게요."

우건은 넥타이를 건네며 물었다.

"넥타이 맬 줄 알아?"

"어렸을 때 엄마에게 배웠어요."

수연은 능숙한 솜씨로 넥타이를 매어주었다.

넥타이를 다 맨 수연이 숄더백을 열어 하얀 봉투를 건넸다. 봉투 위에는 한자로 근조(謹弔)라는 글자가 적혀 있었다.

"이건 뭐야?"

"조의금(弔意金)이에요. 왜 상갓집을 방문할 때 상을 무사히 잘 치르라는 의미에서 상주에게 건네는 돈 있잖아요. 그거예요. 사형이 깜박했을 것 같아서 내 것이랑 같이 준비했어요."

"고마워."

"뭘요."

숄더백을 어깨에 멘 수연이 먼저 앞장섰다.

어제 퇴근하다가 쾌영문에 달린 조등을 본 수연은 바로 우건을 찾아 자초지종을 물었다. 우건은 사실대로 말해주었다.

은수의 딱한 처지를 안타까워한 수연은 내일 아침 일찍 문상(問喪)갈 거니까 전에 사둔 검은색 양복을 입으라고 말했다.

쾌영문에 도착한 두 사람은 문상객을 맞는 김은에게 조의금을 전달했다. 곧 상복을 입은 원공후가 나와 두 사람을 맞았다.

예법에 따라 문상을 마친 두 사람은 상주인 은수를 만났다.

다행히 어제보다는 기력을 찾은 듯했다.

수연이 은수의 손을 감싸며 위로했다.

"많이 힘들지?"

은수가 퉁퉁 부은 눈가를 훔쳤다.

"어제보단 나아졌어요."

수연과 은수가 대화를 나누는 사이, 우건은 원공후를 만났다.

"문상객은 좀 있었소?"

"방금 전에 슈퍼주인과 세탁소 내외가 다녀갔습니다."

"그들이?"

"우리가 매출을 많이 올려주니까 예의상 다녀간 모양입니다."

우건은 수연과 은수를 힐끗 보며 물었다.

"강동삼귀는 사이가 어떤 편이오?"

"사이가 좋지 않았으면 예전에 깨졌을 겁니다. 왜 그러십니까?"

"사이가 좋다면 마검귀 장헌상과 추면귀 조남옥이 윤조의 복수를 위해 어떤 식으로든 이번 일에 개입하려 들 거요. 단단히 대비해두지 않으면 천추의 한을 남길 위험이 있소."

잠시 생각한 원공후가 손짓으로 김철을 불렀다.

"어제 조사해보라 시킨 일은 다 끝냈느냐?"

"예, 사부님."

김철이 달려와 태블릿 화면을 보여주었다.

"어제 주공께서 밴에 설치한 추적 장치를 이용해 조사한 겁니다."

태블릿 화면에는 지도가 출력되어 있었다. 한데 그 지도 위를 붉은 선과 푸른 선, 그리고 자그마한 숫자가 가득 채웠다.

원공후가 김철의 뒤통수를 후려쳤다.

"인마, 입은 뒀다 뭐하게."

"아, 그럼 말로 설명 드리겠습니다."

목을 가다듬은 김철이 선과 숫자를 가리키며 설명했다.

"놈들의 밴은 이 두 곳을 중심으로 움직였습니다. 한 곳은 분당(盆唐)이고 다른 한 곳은 인천항(仁川港) 근처였습니다."

원공후가 분당과 인천항을 번갈아보며 물었다.

"정확한 위치는?"

"오차가 30미터니까 곧 상세한 주소를 알아낼 수 있을 겁니다."

"그럼 주소를 조사해봐."

"알겠습니다."

김철이 2층으로 올라가는 모습을 본 원공후가 불쑥 물었다.

"놈들이 언제 움직일 거라 보십니까?"

"이곳 위치를 아니까 그리 오래 걸리진 않을 거요."

"마음의 준비를 해둬야겠군요."

두 사람은 몇 가지 일을 상의한 후에 헤어졌다.

수연은 쾌영문에 남아 은수를 위로했다. 집으로 돌아가 옷을 갈아입은 우건은 바로 연공실을 찾아 초식수련을 시작했다.

실전 경험을 통해 얻은 심득을 막 실체화하기 전이었다. 지금은 잠자는 시간, 먹는 시간을 아껴가며 수련에 매진할 때였다.

다음 날 오전, 고인의 발인이 있었다. 장례방식은 은수의 뜻에 따라 화장으로 정해졌다. 우건은 수연과 함께 발인에 참석해 상심한 은수를 위로하며 이경준의 명복을 빌었다.

"아버지!"

은수의 통곡은 보는 이들의 마음을 아프게 했다. 은수처럼 부모를 일찍 여읜 수연은 차마 보지 못하고 고개를 돌렸다.

우건은 돌아서서 눈물을 훔치는 수연을 보며 그를 낳아준 부모를 떠올려보았다. 그러나 기억나는 그림이 없었다. 돌이 막 지났을 무렵, 기근으로 양친을 모두 잃은 우건은 바로 사부 천선자에게 거둬졌기 때문에 그에게 부모는 천선자였다.

사부를 생각하는 순간, 그리움이 물밀 듯이 밀려왔다. 그리고 기다렸다는 듯 사부 얼굴 너머로 사매 설린의 얼굴이 떠올랐다. 우건은 머리가 기억하는 사매의 모습과 지금 옆에서 손수건으로 눈물을 훔치는 수연을 비교하며 복잡한 심정을 느꼈다. 환상과 실체가 교차하듯 어지럽게 돌아갔다.

수연이 우건의 옷자락을 잡았다.

"사형, 무슨 생각을 그리 골똘히 해요?"

"그냥. 옛날 생각."

"그때가 그리워요?"

"조금."

"제가 당연한 질문을 했군요."

우건은 그녀와 과거 이야기를 하는 게 왠지 꺼림칙했다.

다행히 대화는 더 이상 이어지지 않았다.

화장터 직원이 고인의 유골을 담은 유골함을 가져왔고 은수는 원공후와 상의한 다음, 유골함을 근처 납골당에 모셨다.

납골당 안에서 한참을 머무른 은수가 밴에 오르며 장례가 끝났다. 돌아가는 동안, 다들 말없이 창밖을 응시했다. 그러나 조용한 분위기는 쾌영문에 도착함과 동시에 바로 깨졌다.

쾌영문 1층 통유리창이 박살난 상태로 인도에 흩어져 있었다.

원공후가 옆 자리에 앉은 김동에게 물었다.

"저거 방탄유리 아냐?"

김동이 박살난 유리창을 보며 눈을 깜박거렸다.

"마, 맞습니다. 틀림없는 방탄유리입니다."

차가 서기 무섭게 바로 뛰어내린 원공후가 깨진 창문을 조사했다. 유리파편에 회오리모양으로 생긴 금이 잔뜩 가 있었다.

원공후가 유리조각을 우건에게 건넸다.

"어떤 무공의 흔적인지 알아보시겠습니까?"

우건은 고개를 저었다.

"모르겠소. 다만, 회전력이 강한 검법이 아닐까 추측할 뿐이오."

"같은 생각입니다."

그때였다. 깨진 유리창을 통해 안으로 들어간 김은이 둘둘 말린 쪽지를 하나 가져왔다. 원공후가 낚아채듯 급히 빼앗아 쪽지를 펼쳤다. 쪽지 안에는 단 두 문장이 적혀 있었다.

그러나 문장의 내용은 그리 간단하지 않았다.


- 내 동생을 죽인 놈은 31일 저녁 6시에 분당 태성골프장으로 와라. 오지 않으면 그 거리에 있는 민간인을 전부 죽이겠다. -


"무슨 쪽지예요?"

은수를 부축하며 걸어오던 수연이 물었다.

원공후는 얼른 쪽지를 구겨 주머니에 넣었다.

"하하, 별것 아닙니다."

이번에는 은수가 깨진 유리창을 보며 물었다.

"창문은 왜 이런 거예요?"

"동네 불량배들이 해코지를 한 모양이구나."

두 여인을 안으로 들여보낸 원공후가 목소리를 낮춰 물었다.

"이놈들 진심일까요?"

우건은 고개를 끄덕였다.

"진심일 거요."

원공후가 전에 없이 심각한 어조로 입을 열었다.

"분명 함정을 파놨을 텐데 이거 큰일이군요."

"어차피 한 번은 부딪쳐야 할 운명이었소. 오히려 이번에 초대해준 덕분에 놈들을 찾느라 시간을 허비하지 않아 다행이오."

원공후가 긴장한 듯 마른 입술에 침을 바르며 물었다.

"가실 겁니까?"

"여기서 놈들과 싸우는 행동은 별로 좋은 생각이 아니오. 우리 때문에 애꿎은 양민이 피해를 볼 거요. 골프장이라면 근처에 인가가 없을 테니까 함정이든 뭐든 여기보단 낫소."

"알겠습니다. 그럼 저와 주공만 가시지요."

두 사람의 얘기를 듣던 삼형제가 불쑥 말했다.

"저희들이 모시겠습니다. 허락해주십시오."

원공후가 코웃음을 쳤다.

"이놈들이 똥오줌을 못 가리는군. 거기가 어디라고 가냐. 네놈들은 그저 은수와 주모님 호위에만 집중하면 되니라."

"사매는 그날 야간당직이 있으니까 이 소저만 지키면 될 거요."

원공후가 걱정스런 표정으로 물었다.

"놈들이 주모님을 찾지 않을까요?"

우건은 고개를 저었다.

"놈들은 내 정체를 아직 파악하지 못했을 거요. 아마 당신의 제자나 친구쯤으로 생각하겠지. 사매는 별 문제 없을 거요."

"그나마 다행이군요."

원공후는 삼형제에게 깨진 창문을 수리하라 명했다.

다음 날, 직접 발품을 판 삼형제는 전에 사용한 방탄유리보다 훨씬 비싼 방탄유리로 창문을 다시 만들었다. 그러나 방탄유리는 한계가 명확해 천장에 있는 철제 빔을 내려두었다.

철제 빔으로 막아놓은 입구, 콘크리트로 만든 외벽, 두꺼운 철문이 있는 3층을 적절히 이용하면 반나절은 버틸 터였다.

시간이 빠르게 흘러 놈들과 만나기로 한 날이 찾아왔다.

노파심에 은수를 잘 지키란 지시를 다시 한 번 삼형제에게 내린 원공후는 우건과 함께 차에 올라 약속장소로 출발했다.

우건은 조수석에 앉아 천지조화인심공을 운기했다. 복잡

했던 머리가 명경지수처럼 맑아지며 몸 상태를 최상으로 만들었다.

운기를 끝낸 우건이 물었다.

"마검귀 장헌상이란 자를 잘 아시오?"

"한두 번 만난 적은 있지만 그리 잘 알지는 못합니다. 검법과 마공이 하늘에 닿았다 하여 강남과 강동 일대에서는 한때 검마등천(劍魔登天)으로 불렸단 소문을 얼핏 들은 기억이 있습니다."

"검을 사용하오?"

"예, 지옥사자검(地獄獅子劍)이란 검법을 익혔습니다. 싸우는 광경을 보진 못했지만 마기(魔氣)가 짙은 검법이라 들었습니다. 특히, 지옥사자검 마지막 초식 신마강림(神魔降臨)은 위력이 어마어마한 살검(殺劍)이란 소문이 자자합니다."

우건은 지옥사자검을 머릿속에 새기며 다시 물었다.

"추면귀 조남옥은 어떤 자요?"

"원래는 강남에서 첫 손에 꼽는 미남자였습니다. 강북제일미공자(江北第一美公子) 일대검협(一代劍俠) 오준휘(吳俊輝)와 쌍벽을 이룰 정도였으니까요. 그러나 당시 사파제일고수라 불리던 악심존자(惡心尊者)에게 패하며 그런 명성은 물거품처럼 사라졌습니다. 악심존자는 악심이란 자기 별호에 걸맞게 조남옥을 죽이는 대신, 그의 잘생긴 얼굴을 망쳐놨지요. 원래 명문정파의 대제자였던 조남옥은 그 일로 사문을 나와 강동에서 혈명(血名)을 떨치던 장헌상, 윤조와 의형제를 맺고 강동삼귀의 일원이 되었습니다. 악심존자에게 복수하기 위해서지요. 악심존자가 강자는 틀림없지만 강동삼귀를 다 상대할 순 없어 그 후로 모습을 감췄습니다."

"무공은 어떤 걸 익혔소?"

잘 떠오르지 않는 듯 눈을 게슴츠레하게 뜬 원공후가 답했다.

"아마 도법이었을 겁니다."

두 사람은 분당 태성골프장으로 가며 놈들을 어떻게 상대할지 논의했다. 홍귀방의 강자라면 당연히 대방주(大幇主) 마검귀 장헌상과 이방주(二幇主) 추면귀 조남옥 둘이었다.

두 사람은 상의 끝에, 우건이 장헌상을, 원공후가 조남옥을 각각 상대하기로 했다. 그사이, 차는 골프장에 도착했다.

골프장 주차장은 텅 비어 있었다.

오늘 대결을 위해 비워 둔 모양이었다. 태성골프장이라는 이름을 처음 들었을 때부터 이곳이 홍귀방이 운영하는 사업체 중 하나임을 직감한 터라, 둘 다 이상하게 생각하지 않았다.

원공후가 대시보드 위에 둔 목함을 우건에게 건넸다.

"원 아이드에 쳐들어갈 때 쓴 인피면구입니다. 착용하십시오."

"당신은?"

"전 이미 정체를 들킨 터라, 필요 없을 겁니다."

우건은 목함을 열어 인피면구를 착용했다. 인피면구를 써 본 적이 거의 없어 처음에는 원공후의 도움을 받아야 했지만 지금은 혼자서 룸미러로 착용과 미세한 조정이 가능했다.

차에서 내린 우건은 기파를 퍼트렸다. 골프장 곳곳에 적들이 숨어 있었다. 그러나 바로 공격해 오지는 않았다. 우건과 원공후가 도망치지 못하도록 만드는 게 그들의 임무인 듯했다.

"누가 오는군."

우건의 말이 끝나기 무섭게 검은색 양복을 입은 중년 사내 하나가 표홀한 신법을 펼치며 다가왔다. 신법에 자신이 있는 듯 눈 깜짝할 사이에 우건과 원공후 앞에 신형을 드러냈다.

"쾌영문에서 오신 분들입니까?"

원공후가 앞으로 나가 대답했다.

"내가 쾌영문 문주 원공후다."

중년 사내가 원공후 뒤에 서 있는 우건을 보며 물었다.

"저분은 누구십니까?"

"쾌영문의 친구다."

알았다는 듯 고개를 끄덕인 중년 사내가 머리를 숙였다.

"오늘 두 분의 안내를 맡은 홍귀방 제 1당주 금태수(金太壽)라 합니다. 방주께서 기다리고 계시니 저를 따라오십시오."

금태수의 소개를 들은 우건이 미간을 살짝 찌푸렸다.

눈치가 빠른 원공후가 급히 물었다.

–왜 그러십니까?

–아니오. 아직 확실하지 않소.

고개를 저은 우건은 앞서 걸어가는 금태수의 뒤를 따라갔다. 원공후는 영문을 모르겠다는 얼굴로 그런 우건을 쫓았다.

골프장은 그림처럼 아름다웠다. 녹색 잔디와 푸르스름한 어둠, 그리고 하얀 모래가 물감을 뿌려놓은 듯 선명하게 어울려 이제 곧 해가 바뀌는 겨울이란 사실이 실감나지 않았다.

원공후가 금태수에게 물었다.

"우릴 어디로 데려가는 건가?"

"방주님은 9번 홀 그린에 계십니다."

"약속장소로 9번 홀을 고른 이유가 있나?"

금태수가 뒤를 힐끗 돌아보며 대답했다.

"거기가 가장 조용하니까요."

"흐음."

침음(沈吟)을 삼킨 원공후는 금태수의 뒤를 묵묵히 따라 갔다.

우건은 주위를 둘러보며 계속 기파를 퍼트렸다.

그들이 가는 길 주위에 홍귀방 방도 수십 명이 매복해 있었다.

원공후 역시 이를 느낀 듯했다.

―이거 용담호혈(龍潭虎穴)이 따로 없군요.

―아직 아니오.

―무슨 말입니까?

―홍귀방의 강자들은 저자가 말한 9번 홀에 모여 있을 거요.

―그 말을 들으니까 점점 으스스해지는군요.

원공후는 실제로 몸을 부르르 떨었다.

금태수는 그러거나 말거나, 두 사람을 안내하는 데만 집중했다.

홀컵이 뚫린, 그리고 핀이 바람에 휘날리는 그린을 몇 개 지난 우건과 원공후 앞에 9번 홀 티잉 그라운드가 나타났다.

티잉 그라운드는 홀 시작지점에 해당하는 장소였다. 여기서 클럽으로 골프공을 날려 그린에 있는 홀컵에 넣는 게 골프의 목적이었다. 물론, 적은 시도에 성공할수록 점수가 높다.

우건은 선령안으로 그린이 있는 북쪽을 살펴보았다.

분당으로 오는 동안, 원공후에게 골프장 구조를 대충 배워 어느 정도는 파악이 가능했다. 페어웨이와 러프, 그리고 벙커와 워터 해저드 너머에 핀이 바람에 휘날리는 그린이 있었다.

그린 위에는 10여 명이 모여 있었는데 거리가 먼 데다 날까지 어두워 그중 누가 홍귀방의 방주인지 알아내지 못했다.

"이쪽으로!"

금태수가 두 사람을 그린이 있는 방향으로 안내했다.

우건은 페어웨이를 지나며 기파를 퍼트렸다.

확실히 이곳에 매복한 방도의 수준이 훨씬 높았다.

해자(垓字)처럼 그린을 둘러싼 워터 해저드를 지나는 순간, 그린 위의 풍경이 일목요연하게 드러났다. 노인 둘과 중년 사내 셋, 그리고 청년 일곱이 홀컵 주위에 서 있었다. 그리고 홀컵 바로 뒤에는 의자가 하나 놓여 있었는데 그 의자 위에 얼굴이 망가진 중년 사내가 느긋한 자세로 앉아 있었다.

원공후의 전음이 들렸다.

─얼굴이 망가진 놈이 추면귀 조남옥입니다.

이미 짐작한 터라, 별로 놀라지 않았다.

확실히 조남옥의 얼굴은 추했다.

아니, 징그러웠다.

얼굴 반쪽은 화상을 입은 듯 일그러져 있었다. 그리고 나머지 반은 면도칼로 그은 것처럼 얇은 상처가 종횡으로 나 있었다.

우건은 그린 주위를 살펴보았다.

그들 외에 다른 자들은 없었다.

우건은 금태수를 지나쳐 조남옥 앞으로 걸어갔다.

"다른 한 명은 어디 있소?"

다리를 꼰 자세로 느긋하게 앉아 있던 조남옥이 씨익 웃었다.

"후후, 큰형님을 찾나보군."

우건은 담담한 목소리로 다시 물었다.

"그는 어디 있소?"

조남옥이 놀리듯 고개를 살짝 까닥거렸다.

"글쎄, 어디 있을까? 궁금하면 네놈이 직접 찾아보지 그래."

원공후가 급히 물었다.

─마검귀 놈이 안 보이는 겁니까?

─이곳에 없는 것 같소.

원공후의 얼굴이 와락 일그러졌다.

-그럼 설마?

-그 설마가 맞을 거요.

원공후의 목소리가 절로 급해졌다.

-큰일이군요. 삼형제로는 놈을 막지 못할 겁니다.

이내 결정을 내린 듯 원공후가 비장한 어조로 입을 열었
다.

-어떻게 해서든 은수를 지켜준다고 경준이 놈과 약속했
습니다. 이곳은 제가 맡을 테니까 주공은 쾌영문으로 가십
시오.

-혼자 괜찮겠소?

-쳇, 죽기밖에 더하겠습니까.

우건은 원공후를 보며 보자기에 싼 한상검을 풀어 손에
쥐었다.

원공후가 그런 우건에게 허리를 굽혀 인사했다.

-다시 만날 수 있을지 없을지는 아직 모르지만, 혹시 몰
라 말씀드리겠습니다. 그동안 주공으로 모실 수 있어 영광
이었습니다. 혹시 제가 쾌영문으로 돌아가지 못한다면 은
수와 삼형제를 부탁드립니다. 그들은 아직 도움이 필요합
니다.

우건은 말없이 고개를 끄덕였다.

그때, 조남옥이 자리에서 일어났다.

"작별인사는 다 나눴나?"

원공후가 히죽 웃었다.

"보채지 마, 새끼야. 곧 네 징그러운 쌍판을 밟아버릴 테니까."

뒷짐을 쥔 조남옥이 껄껄 웃었다.

"감히 쾌수 따위가 이 조남옥을 밟는단 말이냐?"

원공후가 바로 받아쳤다.

"웃지 마, 새끼야. 징그러우니까. 한국은 성형외과가 세계 최고라던데 돈도 많은 새끼가 왜 쌍판은 그따위로 놔둔 거냐?"

그 말에 조남옥은 더 이상 웃지 않았다.

대신, 살기가 가득한 안광으로 원공후를 쏘아볼 따름이었다.

원공후 말대로 한국 성형외과의 의료기술은 세계 최고였다. 그러나 조남옥은 얼굴을 재건하지 않은 채 그대로 두었다. 대형 장헌상과 삼제 윤조와 의형제를 맺을 당시, 원수 악심존자를 찾아 복수하기 전에는 얼굴을 고치지 않겠다고 하늘에 맹세했다. 한데 태을양의미진진에 갇혔다가 이곳으로 넘어오는 바람에 악심존자를 만날 기회가 영영 사라져버렸다.

장헌상과 윤조는 저명한 성형외과의를 수소문해 조남옥의 얼굴을 고쳐주려 했지만 조남옥은 거절할 수밖에 없었다. 사파의 인물에게 맹세를 어기는 일쯤이야 별것 아닐 수 있겠지만, 사실 미신을 누구보다 잘 믿는 게 그들이었다.

전에 맹세를 어기면 천참만륙(千斬萬戮) 당해도 상관없다고 한 터라, 조남옥은 감히 얼굴을 고칠 생각을 하지 못했다.

조남옥은 지금도 거울을 제대로 보지 못했다. 그러나 거울을 다 없앤다고 얼굴을 볼 기회가 없지는 않았다. 유리창에 비치거나, 텔레비전, 컴퓨터, 휴대전화 등을 볼 때, 가끔 얼굴이 반사되어 보이는 경우가 있었다. 그럴 때마다 조남옥은 손에 피를 묻히지 않으면 끔찍한 기분이 풀리지 않았다.

그렇다고 얼굴을 재건하자니 전에 한 맹세가 두려웠다. 이러지도 저러지도 못하는 그야말로 난감한 상황에 처한 조남옥에게 원공후의 독설은 역린(逆鱗)을 건드리기에 충분했다.

"쳐라!"

조남옥의 명이 떨어지기 무섭게 홀컵 앞에 늘어선 청년 일곱 명이 칼을 휘두르며 덮쳐왔다. 원공후가 막 출수하려는데 그보다 한 수 빠른 사람이 있었다. 그는 바로 우건이었다.

스릉!

검이 뽑혀 나오는 소리가 중인의 귀를 찌르는 순간.

눈부신 광채 일곱 가닥이 부챗살이 펴지듯 앞으로 쏘아졌다.

콰콰쾅!

청년 다섯 명이 가슴과 배에 구멍이 뚫려 날아갔다. 청년 일곱 명 중 우건이 펼친 선도선무를 막아낸 자는 두 명뿐이었다. 우건은 반대편으로 회전하며 다시 선도선무를 펼쳤다.

파파팟!

부챗살처럼 퍼져 나간 검광 세 가닥이 내상을 입은 듯 얼굴이 좋지 않은 두 청년을 덮쳐갔다. 그들은 급히 수중의 칼을 어지럽게 휘둘렀지만 검광은 칼과 몸을 통째로 갈랐다.

"으악!"

"크으윽!"

단말마(斷末魔)의 비명이 울려 퍼짐과 동시에 남은 청년 두 명이 얼어붙은 녹색 잔디 위로 몸을 눕혔다. 그들의 몸에서 흘러나온 뜨거운 피가 마치 용암처럼 그린을 녹여갔다.

출수 두 번으로 적 일곱 명을 삽시간에 쓰러트린 우건은 오른발로 바닥을 박차며 뛰어올라 검봉을 어지럽게 흔들었다.

그 순간, 유성과 같은 서늘한 검광이 우박처럼 지상을 덮쳤다.

"흩어져라!"

조남옥 근처에 있던 중년 사내 셋이 사방으로 흩어지며 검광을 피했다. 그들이 피한 자리에 유성추월이 만든 검광이 우박처럼 쏟아져 내리며 그린 키퍼가 공들여 관리한 9번홀 그린을 파괴했다. 마치 두더지 수십 마리가 지나간 듯했다.

지상에 내려선 우건은 북쪽으로 도망친 중년 사내를 향해 일검단해를 펼쳤다. 빨랫줄처럼 솟구친 새하얀 검광이 대해를 가르듯 중년 사내의 어깨부터 허리까지 가르며 지나갔다.

그 틈에 몸을 돌린 중년 사내 두 명이 수중의 도를 휘둘러왔다.

새파란 도광(刀光)이 그물처럼 얽히며 우건을 찍어 눌렀다.

다시 한 번 일검단해를 펼쳐 그물처럼 날아드는 도광을 잘라낸 우건은 옆으로 빠져나와 동쪽에 있는 중년 사내를 덮쳤다.

중년 사내는 도를 비스듬히 휘둘러 먼저 공격했다.

우건은 섬영보를 펼쳐 피하며 검을 곧장 찔러갔다.

쉭!

미세한 검광 하나가 허공을 가른 직후, 이마에 구멍이 뚫린 중년 사내가 도를 떨어트리며 엉망이 된 그린 위로 쓰러졌다.

우건은 사내가 떨어트린 도를 잡아 뒤로 던졌다.

빗살처럼 날아간 도가 우건의 등을 기습하려던 세 번째 사내의 목을 잘랐다. 사내의 머리와 몸통이 약간의 시간차를 두며 그린 위에 떨어질 때, 노인 두 명이 양쪽에서 덮쳐왔다.

노인 두 명 역시 도법을 펼쳤다.

그러나 그 위력은 앞서 상대한 자들과 차원이 달랐다.

도광에 닿기 전에 이미 싸늘한 기운이 살을 찌르듯 베어왔다.

우건은 천지검의 방어초식으로 막으며 뒤를 힐끔 돌아보았다.

원공후는 멍한 얼굴로 우건의 행동을 지켜보는 중이었다. 그는 우건이 갑자기 살수를 펼칠 줄 전혀 모른 모양이었다.

우건은 다시 고개를 돌려 조남옥을 찾았다.

조남옥은 조남옥대로 심각한 표정으로 대결을 지켜보는 중이었다. 그러나 우건이 그의 부하 열 명을 눈 깜짝할 사이에 없앴기에 지은 표정은 아니었다. 우건이 펼치는 검법을 보더니 미간을 찌푸린 채 무언가를 기억해내려 애썼다.

우건에게는 시간이 별로 없었다.

쾌영문 삼형제는 마검귀 장헌상과 그가 이끄는 부하들을 막지 못했다. 최대한 빨리 돌아가야 했지만 그렇다고 원공후가 개죽음 당하게 둘 수는 없었다. 원공후가 조남옥의 부하들을 어찌어찌해서 다 쓰러트린다고 해도 그때는 내력을 소진해 조남옥의 한 수에 허무하게 쓰러질 공산이 높았다.

우건은 원공후가 죽든 살든, 최소한 조남옥과 정정당당한 대결을 펼칠 수 있도록 미리 잔가지를 치는 중이었다.

한데 마지막 남은 노인 두 명이 만만치 않았다. 이제 3, 4합을 겨루었을 뿐인데 벌써 내력 일부를 호신강기로 돌려야 했다.

우건은 결심을 굳혔다.

슬쩍 빈틈을 보이는 순간, 노인 하나가 도로 곧장 베어왔다.

이를 본 조남옥이 혀를 끌끌 찼다.

함정에 빠졌음을 직감한 노인이 급히 도를 거두려 했지만 이미 늦었다. 이형환위를 펼쳐 노인 뒤로 돌아간 우건이 검을 찔러갔다. 노인은 급히 호신강기를 펼쳐 막았지만 새하얀 섬광은 호신강기를 부수며 들어가 심장을 정확히 꿰뚫었다.

그러나 우건 역시 무사하지 못했다.

남은 노인 한 명이 우건의 옆구리를 도광으로 갈랐다.

촤아악!

허리춤에서 핏물이 튀었다.

우건은 허공으로 몸을 날리며 빈손으로 급히 지혈했다.

방금 전에는 호신강기에 쓰던 내력까지 끌어 모아 생역광음을 펼친 터라, 무방비와 다름없었다. 다만, 우건의 근골이 워낙 단단해 피육(皮肉)이 찢어지는 상처로 그쳤을 뿐이었다.

우건은 유성추월과 선도선무를 연속 펼쳐갔다.

파파팟!

노인은 도를 어지럽게 휘둘러 우건의 공격을 막아왔다.

쿠르릉!

은은한 뇌성이 울리는 순간, 노인이 펼친 방어막이 찢겨 날아갔다. 우건은 그 찢어진 틈에 재빨리 생역광음을 찔러 넣었다.

타앙!

노인은 도를 내리쳐 생역광음을 정확히 막아냈다.

그러나 생역광음은 사실 허초(虛招)였다.

두 사람의 거리가 가까워지는 순간, 우건은 왼손 손가락을 튕겼다. 무영무음지가 날아가 노인의 혈도 두 군데를 뚫었다.

마혈이 제압당한 노인의 몸이 굳을 때, 우건이 검을 휘둘러 수급을 잘라냈다. 우건은 그대로 다시 뛰어 올라 조남옥에게 짓쳐갔다. 조남옥의 손에는 금도(金刀)가 들려 있었다.

우건은 분심공으로 태을진천뢰와 유성추월을 동시에 펼쳤다.

조남옥 역시 수중의 금도를 번개같이 휘둘러 막아왔다.

탕탕탕탕!

쇳소리가 어지럽게 울리는 가운데 조남옥이 여섯 발자국을 물러섰는데, 태을진천뢰에 당한 듯 혈색이 그리 좋지 못했다.

목구멍으로 올라온 피를 꿀꺽 삼킨 조남옥이 소리쳤다.

"네놈은 태을문 제자구나!"

한편, 우건은 조남옥과의 충돌에서 생긴 반탄력을 이용해 뒤로 날아갔다. 원공후가 그런 우건에게 허리를 숙여보였다.

우건이 살계를 열어 조남옥의 부하를 제거한 이유를 깨달은 듯했다.

우건은 앞을 막아서는 적을 베어 넘기며 전음을 보냈다.

-역린을 이용하시오.

-약을 계속 올리란 겁니까?

-놈의 역린을 이용하면 패중취승(敗中取勝)할 수 있을 거요.

그 말을 남긴 우건은 적을 가르며 골프장을 빠져나갔다.

5장. 조커와 에이스

    원공후는 점점 멀어지는 비명소리를 들으며 안심했다.

    홍귀방 방도로는 절대 우건을 막지 못했다.

    혼자 남은 원공후는 여전히 얼떨떨한 기분이었다. 우건이 강하다는 사실은 익히 알았다. 그러나 그건 예전 일이었다.

    우건은 불과 반년 전에 넘어왔다. 그 역시 자신처럼 태을양의미진진에 내력이 빨려나가 처음부터 심법을 다시 수련해야 한다는 뜻이었다. 그 기간은 많이 쳐봐야 반년이 넘지 않을 듯한데 우건은 벌써 예전의 실력을 거의 찾은 듯 보였다.

우건이 금룡등천단을 복용한 사실을 알 리 없는 원공후로서는 당연히 가질 수밖에 없는 의문이었다. 태을양의미진진에 갇힌 고수 중에 사문이 소유한 비고가 지금까지 남아 있는 경우가 얼마나 되는지는 모르지만 거의 없을 게 틀림없었다. 그러나 우건은 설악산 본산에 비고가 그대로 있었다.

우건은 운이 좋은 셈이었다.

또, 우건이 한세동, 혈운검, 윤조 등과 치른 실전을 통해 얻은 심득으로 한 차원 높은 경지에 들어선 사실을 알지 못했다.

어쨌든 우건이 보여준 활약 덕분에 원공후는 전보다 훨씬 편한 상태에서 추면귀 조남옥이라는 강적에 집중할 수 있었다.

조남옥은 폐허로 변한 그린을 둘러보며 혀를 찼다.

"쯧쯧, 내일 그린 키퍼가 출근하면 고생 꽤나 하겠어."

원공후는 내심 감탄했다.

우건의 선공에 부하 열둘이 검하고혼(劍下孤魂) 신세를 면치 못했다. 조남옥 역시 태을진천뢰에 내상을 입은 상태였다.

그러나 풍기는 분위기는 아주 여유롭기 짝이 없었다.

원공후는 눈치가 100단인 사람이었다.

허세와 진짜 여유를 구분할 능력이 있었다.

조남옥이 고개를 돌려 원공후를 보았다.

"나는 태을문 문도를 세 놈 알지. 한 놈은 늙은 노인네였으니까 아닐 테고. 또 한 놈은 목이 잘려 뒈지는 광경을 직접 봤으니 역시 아닐 테고. 그럼 한 놈만 남는군. 해동살귀인지, 혈검선인지 하는 그 어린새끼가 분명해. 내 말이 맞나?"

원공후는 내력을 천천히 끌어올리느라 대답할 여유가 없었다.

조남옥이 피식 웃었다.

"침묵은 긍정이라던가. 어쨌든 웃기는 일이야."

내력을 다 끌어올린 원공후가 경계심을 풀지 않으며 물었다.

"뭐가 웃기냐?"

"그 고고한 척하는 태을문 놈들과 남들이 다 쓰레기라 생각하는 도둑놈이 한패라는 게 넌 웃기지 않는단 말이냐?"

"그보다 은수에게 집착하는 이유가 무엇이냐? 복수를 위해서냐?"

조남옥이 다시 혀를 찼다.

"쯧쯧, 당연히 복수 때문은 아니지. 쾌수의 눈치가 비상하단 소문을 들었는데 역시 소문은 믿을 게 못 되는 모양이야."

"그럼 무슨 이유 때문이냐?"

"수수께끼가 너무 쉬우면 재미없지 않겠어?"

조남옥이 덤비라는 듯 손가락을 까딱거렸다.

자세를 잡은 원공후는 백사보를 펼쳐 비스듬히 몸을 날렸다. 지그재그로 움직이는 모습이 영락없는 뱀의 형상이었다.

조남옥은 수중의 금도를 머리 위로 들어 올린 자세로 잠시 대기했다. 원공후가 쾌영십팔수로 조남옥의 목덜미를 틀어쥐려는 순간, 조남옥이 들어 올린 금도를 곧장 내리찍었다.

원공후는 재빨리 몸을 피했다.

금도가 만든 황금빛 도광이 수직으로 떨어지며 원공후 옆에 기다란 고랑을 만들었다. 대단한 위력이 아닐 수 없었다.

원공후는 그제야 조남옥이 익힌 도법을 알아냈다.

"금영신도(金影神刀)구나."

금영신도는 명문으로 이름 높은 강남 금도문(金刀門)의 독문절기였다. 조남옥은 원래 금도문 문주의 아들이었는데, 악심존자를 두려워한 문주가 아들의 복수를 망설이는 모습에 분노한 나머지 가문을 나와 장헌상, 윤조와 의형제를 맺었다.

원공후는 조남옥의 금영신도에 대항해 그가 익힌 절기를

모두 내보였다. 쾌영십팔수와 금계탁오권을 중심으로 구룡 각을 간간이 섞어가며 조남옥의 빈틈을 날카롭게 찔러갔 다.

원공후는 자신이 있었다.

압축산소를 뿜어내는 연공실에서 매일 열 시간 가까이 수련했다. 또, 우건이 준 무영은둔을 그가 익힌 분영신법과 백사보에 더해 신법의 경지를 전보다 한 단계 높게 끌어올 렸다.

그러나 조남옥은 원래 그보다 강한 고수였다. 그리고 그 가 익힌 금영신도 또한 중원십대도법에 들어가는 대단한 절기였다. 내력이 엇비슷하다면 초식에서 밀릴 수밖에 없 었다.

하나이던 도광이 금세 두 개로 늘었다. 또, 두 개는 다시 네 개로 늘어나 초식을 펼칠수록 그 위력이 점점 강해졌다.

급기야는 금도가 만든 황금빛 도광에 갇혀 운신의 폭이 줄어들 지경에 이르렀다. 신법에 자신 있는 원공후로서는 최악의 상황이 아닐 수 없었다. 조남옥은 짐승을 잡을 때처 럼 사방을 도광으로 포위한 다음, 멱을 따기 위해 진입했다.

위잉!

여인의 눈썹처럼 휘어진 도광이 원공후의 허리를 감아왔 다. 피할 공간이 없던 원공후는 쾌영십팔수로 도광을 후려 쳤다.

카앙!

쇳소리가 울리며 원공후의 긴 팔이 힘없이 튕겨 나왔다.

방어에 실패한 결과는 참담했다.

촤악!

원공후의 허리가 움푹 파이며 살점이 후드득 떨어졌다.

원공후는 다급히 지혈하며 머리를 숙였다.

그때, 황금빛 도광 두 가닥이 서로 교차하며 원공후 머리 위를 지나갔다. 그러나 완벽히 피하지는 못했다. 도광에 쓸려나간 살가죽과 머리카락이 핏덩이처럼 뭉쳐 바람에 흩날렸다.

"헙."

원공후는 머리카락이 곤두서는 고통에 헛바람을 집어삼켰다.

그러나 조남옥에게는 사정을 봐줄 이유가 없었다.

파파팟!

금도를 어지럽게 휘두를 때마다 황금빛 도광이 충천하며 원공후의 사방을 옥죄어왔다. 그리고 옥죈 후에는 날카로운 도광을 쏘아내 원공후의 몸에 크고 작은 상처를 만들었다.

원공후는 얼마 지나지 않아 피에 젖은 혈인으로 변했다. 옷과 살가죽이 예리한 도광에 잘려나가 피가 철철 흘러내렸다.

원공후는 정신없이 도광을 피하며 손을 소매 속에 집어넣었다.

이미 이판사판이었다.

목숨이 경각에 처한 상황이어서 이것저것 잴 여유가 없었다.

손가락에 계란만 한 구슬이 잡히는 순간, 바로 쏘았다.

원공후가 돌아가신 사부에게 배운 구명절기 일투삼낙이었다.

조남옥이 코웃음 치며 물었다.

"흥, 고작 꺼낸다는 게 암기냐?"

조남옥은 금도를 휘둘러 미간으로 날아드는 구슬을 후려쳤다.

금도와 구슬이 부딪칠 때였다.

카앙!

맑은 쇳소리가 나기 무섭게 구슬이 폭발하며 녹색 분말이 쏟아져 나왔다. 분말의 정체가 지독한 독임을 직감한 조남옥의 얼굴에 처음으로 다급한 기색이 떠올랐다. 급히 숨을 멈춘 조남옥은 보법을 펼쳐 뒤로 3, 4미터를 번개같이 피했다.

그때였다.

쉬익!

녹색 분말 속에서 두 번째 구슬이 튀어나와 미간으로

쏘아져왔다. 조남옥은 뒤로 피하며 원공후의 움직임을 예의주시했다. 그러나 원공후는 힘이 다한 사람처럼 힘없이 비틀거릴 뿐, 암기를 발출한 흔적이 전혀 없었다. 즉, 애초부터 처음 발출한 구슬 뒤에 또 다른 구슬이 숨어 있다는 뜻이었다. 일직선으로 날아와 그 뒤에 있는 구슬을 보지 못했던 것이다.

"감히 나에게 이따위 속임수를 쓰다니!"

조남옥은 버럭 소리쳤지만 첫 구슬을 상대할 때처럼 자신 있게 금도를 휘둘러 막아내지 못했다. 구슬은 단순한 암기가 아니었다. 그 안에 독이 든 분말이 섞여 있어 무기로 막기보다는 신법을 펼쳐 멀찍이 떨어지는 것이 상책이었다.

조남옥은 다시 3, 4미터 뒤로 물러섰다.

그때였다.

날아가던 구슬이 펑하는 소리와 함께 저절로 폭발했다.

이번에는 분말이 아니라, 날카로운 침이 구슬 안에 잔뜩 들어 있었다. 침 끝에 남색 광채가 반짝이는 모습을 봐서는 극독을 바른 듯했다. 눈을 부릅뜬 조남옥은 금도를 미친 듯이 휘둘렀다. 침을 피할 방법이 없어 금도로 방어초식을 펼쳤다.

금도가 발출한 금광이 짙어지는 순간, 침이 날아들었다.

파파파팟!

그물이라면 침이 파고들 여지가 있었다. 그러나 조남옥이 펼친 금영신도 방어초식은 마치 금광으로 만든 방패처럼 극독을 바른 침이 안으로 파고들 여지를 전혀 주지 않았다.

수십 개의 미세한 침이 금광에 쓸려 녹거나, 바닥에 떨어졌다.

안심한 조남옥이 방어초식에 주입한 내력을 막 풀었을 때였다.

세 번째 구슬이 소리 없이 나타나 미간으로 곧장 날아들었다.

일투삼낙이라는 말처럼 원공후는 한 번에 세 개의 구슬을 동시에 던졌다. 그러나 구슬이 날아가는 속도는 제각기 달랐다.

첫 번째 구슬은 빠르게, 두 번째 구슬은 중간 속도로, 그리고 마지막 구슬은 느리게 날아갔는데 세 구슬이 마치 정렬한 별처럼 일직선으로 날아가는 통에 당하는 입장에선 구슬 하나가 날아드는 듯 보였던 것이다. 방금 조남옥처럼 가볍게 생각하다가는 뒤이어 날아드는 구슬에 낭패를 보기 십상이었다.

"이런 개 같은 경우가!"

소리친 조남옥은 금도를 급히 끌어당겨 요처를 가렸다.

콰아앙!

폭음과 함께 불길이 확 치솟았다.

세 번째 구슬 안에는 강력한 폭발물이 들어 있었다.

원공후는 일투삼낙에 현대기술을 접목해 더 강한 위력을 내게 만들었다. 그리고 조남옥을 상대로 그 위력을 입증했다.

"크억!"

폭발에 휩쓸려 끈 떨어진 연처럼 날아간 조남옥은 하얀 모래를 쌓아 만든 벙커에 빠져 허우적댔다. 옷과 머리카락은 불에 타거나, 갈가리 찢어진 상태였다. 세 번째 구슬은 위력이 아주 강력한 수류탄과 맞먹어 구슬이 만든 파편이 얼굴을 제외한 온몸에 박혔다. 호신강기와 단단한 근골 덕분에 치명상은 피했지만 상당한 양의 피를 흘릴 수밖에 없었다.

"퉤!"

조남옥은 목으로 넘어온 피를 뱉으며 그린으로 다시 올라왔다. 그가 걸을 때마다 피와 살점이 빗물처럼 바닥에 흘렀다.

내력을 거의 다 소진한 원공후를 보며 조남옥이 히죽 웃었다.

"이번 한 수는 제법 매서웠다."

원공후는 조남옥이 자기 발로 올라오는 모습을 보며 저항을 포기했다. 일투삼낙은 내력의 소비가 엄청났다. 실패

하면 지금처럼 얌전히 처분을 기다려야 하는 신세를 면치
못했다.

조남옥은 원공후에게 걸어가 금도를 높이 쳐들었다.

이 금도진산(金刀鎭山)은 조남옥이 원공후를 상대로 맨
처음에 펼친 초식이었다. 그때 원공후는 가볍게 몸을 놀려
피했다.

그러나 지금은 보법을 펼칠 여력이 없어 우두커니 서 있
었다.

"끝이다!"

소리친 조남옥이 금도를 내리쳤다.

금도의 도신이 허공을 가르는 순간, 황금빛 도광이 활처
럼 휘어지며 원공후 머리 위에 떨어졌다. 어금니를 악문 원
공후는 품속에 든 팔뚝 길이의 단도를 꺼내 도광에 맞서갔
다.

카앙!

맑은 쇳소리가 울림과 동시에 원공후가 뒤로 날아갔다.

원공후에게 금도진산을 피할 여력이 없을 거라 생각한
조남옥은 안력에 내력을 집중했다. 과연 원공후의 손에는
전에는 보지 못한 단도가 한 자루 들려 있었다. 허름한 단
도였는데 자루는 볼품없었지만 도신은 먹물을 바른 듯 새
까맸다.

조남옥이 이를 부드득 갈았다.

"강북 추운산장(追雲山莊)의 지보(至寶) 묵애도(墨厓刀)로구나."

묵애도는 강호십대병기 중 하나로 득도한 선인(仙人)이한 갑자 동안 자신의 선천지기로 연성한 보도(寶刀)였다. 게다가 무인의 호신강기를 전문적으로 파훼할 수 있어 값을 따질 수 없는 기보로 여겨졌다. 원래는 추운산장 지보였으나 누군가에게 도둑맞은 후에는 그 소재가 알려지지 않았다.

한데 그 묵애도가 원공후의 수중에 있었던 모양이었다.

그러나 묵애도가 금도진산에 실린 힘까지 막아주진 못했다.

튕겨 날아간 원공후는 워터 해저드에 첨벙 빠졌다.

한겨울 냉수가 칼로 찌르듯 상처를 후벼 팠다.

그러나 원공후는 고통이 그렇게 싫지 않았다.

오히려 극심한 고통이 자꾸 흐려지는 의식을 잡게 도와줬다.

원공후는 물 밖에 나와 고개를 들었다.

조남옥이 탐욕스러운 시선으로 원공후를 바라보며 다가왔다. 원공후는 조남옥이 묵애도를 탐낸다는 사실을 눈치 챘다.

그때였다.

우건이 떠날 때 한 말이 불현듯 떠올랐다.

-역린을 이용하시오.

놈의 역린을 이용하면 패중취승(敗中取勝)할 수 있소.-


원공후는 원래 머리가 영활하게 돌아가는 사람이었다.

다만, 지금까지는 조남옥이라는 강자가 그 머리가 돌아
갈 틈을 주지 않았을 뿐이었다. 한데 차가운 물에 빠지는
순간, 정신을 번쩍 들더니 한 가지 계획이 줄을 잇듯 떠올
랐다.

무영은둔을 더한 분영신법, 호신강기를 자르는 묵애도,
그리고 조남옥이 가진 콤플렉스 세 가지가 번갈아가며 떠
올랐다.

원공후는 마지막 남은 기력을 쥐어짜내 분영신법을 펼쳤
다.

무영은둔을 얻은 덕분에 그의 은신술은 더 은밀해져 있
었다.

물속에 잠수한 원공후는 숨을 참으며 물가로 이동했다.

조남옥은 갑자기 사라진 원공후로 인해 꽤 당황한 모습
이었다. 물가와 3, 4미터 떨어진 장소에 멈춰 서서 오감을
끌어올렸다. 그러나 원공후는 감각에 좀처럼 걸려들지 않
았다.

원공후가 물속으로 잠수하는 바람에 시각과 후각, 그리
고 청각이 모두 통하지 않았다. 저 더러운 물속 어딘가에

원공후가 잠수해 있다는 사실 외에는 모두 불확실한 상황
이었다.

조남옥은 오감에 더 집중하며 물가로 천천히 이동했다.

금도는 가슴 앞에 세워 요처를 철저히 방비했다.

귀식대법(龜息大法)을 펼치지 않는 한, 원공후는 반드시
밖으로 나올 수밖에 없었다. 조남옥은 그때를 기다리며 물
가로 천천히 이동했다. 혹시 몰라 호신강기로 암습에 대비
했다.

3분이 지났을 때였다.

조남옥 바로 앞에 있는 물가에서 작은 기포가 살짝 올라
왔다. 한데 기포가 곧 작은 풍선처럼 부풀어 오르기 시작했
다.

조남옥은 조금 더 접근해 발밑을 내려다보았다.

그때였다.

흔들리는 물살에 얼굴이 비쳤다.

차마 볼 수 없어 집 안에 있는 거울을 다 없앤 그 얼굴이
었다.

"으아악!"

괴성을 지른 조남옥은 수중의 금도를 곧장 베어갔다.

촤아아악!

황금빛 도광이 물살을 가르며 워터 해저드의 더러운 바
닥이 드러났다. 그러나 그 속에 원공후는 없었다. 분노한

조남옥은 금도를 휘둘러 닥치는 대로 물과 수초(水草)를 베었다.

금도가 자른 수초가 허공을 어지러이 부유할 때였다.

쉬익!

날카로운 경력이 등 뒤에서 쏘아져왔다.

"어림없다!"

화들짝 놀란 조남옥은 급히 돌아서며 수중의 금도를 풍차처럼 휘둘렀다. 그야말로 전력을 다한 초식이었다. 마치 도가 공간을 가르는 듯했다. 그러나 금도에 걸린 것이 없었다.

허탈해하는 순간, 가슴이 화끈거렸다.

조남옥은 고개를 내려 가슴을 보았다.

묵애도가 손잡이만 남은 상태로 심장을 관통해 있었다.

목숨을 지켜줄 거라 믿은 호신강기와 엄심갑(掩心甲)은 제몫을 전혀 하지 못했다. 조남옥은 그제야 묵애도에 정신이 팔린 나머지, 그게 어떤 무기인지 잊었단 사실을 깨달았다.

조남옥은 고개를 들어 주위를 둘러보았다.

10여 미터 떨어진 위치에 원공후가 몸을 덜덜 떨며 서 있었다.

원공후는 기력이 다해 쓰러지기 일보직전이었다.

그러나 그들 중 마지막까지 서 있는 사람은 결국 원공후였다.

조남옥은 히죽 웃었다.

"역시 도둑놈들은 교활하기 짝이 없다니까."

거친 숨을 쏟아내던 조남옥이 하늘을 보았다.

"이럴 줄 알았으면 그따위 맹세는 지키지 않았을 텐
데……."

알 수 없는 말을 남긴 조남옥이 앞으로 쓰러졌다.

비틀거리며 걸어간 원공후는 그에게 남은 힘을 모두 쥐
어짜내 조남옥 가슴에 박힌 묵애도를 뽑았다. 묵애도의 무
게조차 감당할 수 없는 듯 원공후의 팔이 사시나무처럼 떨
렸다.

힘을 완전히 소진한 탓에 그대로 주저앉은 원공후는 덜
덜 떨리는 손을 품속에 집어넣어 작은 목함을 하나 꺼냈다.
목함에는 한세동이 만든 영단(靈丹)이 들어 있었다. 영단을
복용한 원공후는 바로 가부좌한 상태에서 운기요상에 들어
갔다.

운도 실력이라는 말이 사실이라면 그는 조남옥보다 강
해 살아남을 수 있었다. 조남옥은 자기 얼굴이 워터 해저
드 수면에 비치는 순간, 평정심을 잃었다. 그사이, 분영신
법으로 물속을 나온 원공후는 10여 미터 뒤에서 선천지기
를 일부 사용해 일투삼낙 수법으로 묵애도를 조남옥에게
던졌다.

선천지기를 쓰면 내력에 손실을 입는 등 후유증이 만만

치 않았다. 그러나 선천지기가 아까워 죽을 순 없는 노릇이었다.

조남옥은 금영신도의 최강 절초를 사용해 재빨리 방어했지만 일투삼낙 수법으로 발출한 묵애도는 중간에 속도를 현저히 떨어트려 피했다. 그리고 초식이 끝나는 순간, 재빨리 속도를 끌어올려 조남옥의 심장으로 쏘아져갔다. 조남옥은 호신강기와 엄심갑이라는 두 가지 방어수단을 철석같이 믿었지만 천하십대병기 중 하나인 묵애도는 거침이 없었다.

조남옥의 역린, 즉 콤플렉스를 이용해 심신을 흩트려놓지 않았다면, 바닥에 누워 있는 사람은 그가 아니라 원공후였다.

역린을 이용하라는 우건의 조언 덕분에 목숨을 건진 셈이었다.

한편, 골프장을 지키던 홍귀방 방도들은 그들이 신처럼 모시던 이방주 조남옥이 원공후 손에 쓰러지는 모습을 보며 믿기지 않는다는 표정을 지었다. 우건이 포위망을 돌파할 때 상당수를 쓰러트리긴 했지만 아직 잔당 10여 명이 남아 있는 상태였다. 눈짓을 주고받은 그들은 조남옥 시신 옆에서 운기요상에 열중하는 원공후에게 천천히 접근해 들어갔다.

그들이 가진 실력으로는 원공후를 어찌하기가 어려웠다.

그러나 원공후는 조남옥과 싸울 때 내상을 크게 입은 상태였다. 즉, 지금이 아니면 원한을 갚을 기회가 없다는 뜻이었다.

개중 배짱이 두둑한 방도 하나가 칼을 앞세워 폐허로 변한 그린 위에 올라섰다. 그 모습에 용기를 얻은 듯 다른 방도들 역시 하나둘 그린 위에 올라와 원공후 주위를 에워쌌다.

배짱이 두둑한 방도가 갈라진 입술에 침을 바르더니 수중의 칼을 휘둘러 원공후를 베어갔다. 칼날이 원공후의 목에 닿으려는 순간, 원공후의 모습이 뿌예지더니 그대로 사라졌다.

당황한 방도들이 주변을 둘러볼 때였다.

분영신법으로 신형을 감춘 원공후는 급히 골프장을 벗어났다.

한세동의 영단으로 기력을 약간 회복했지만 홍귀방 방도를 상대할 수 있는 상태는 아니었다. 어떻게든 안전한 장소를 찾아 외상과 내상을 치료하는 것이 급선무인 상황이었다.

✤ ❖ ✤

태성골프장을 나온 우건은 택시를 타고 쾌영문으로 돌아갔다.

다행히 시간에 여유가 있어 금창약으로 허리에 입은 상처 먼저 치료했다. 치료를 마친 후에는 천지조화인심공을 운기해 방금 전 소진한 내력을 재빨리 보충했다. 그런 우건에게 택시기사가 의심스러운 눈길을 보냈지만 신경 쓰지 않았다.

삼거리 앞에서 내린 우건은 쾌영문으로 달려갔다. 쾌영문 앞에는 동네사람 몇이 나와 안을 기웃거리는 중이었다. 우건은 그들을 지나 건물 앞으로 향했다. 철제 빔으로 막아둔 유리창은 멀쩡했다. 우건은 옆에 있는 골목으로 돌아갔다.

콘크리트와 보강재로 만든 벽에 구멍이 뚫려 있었다.

사람이 오갈 수 있는 크기의 구멍이었다.

우건을 본 세탁소 주인이 걱정스런 표정으로 물었다.

"경찰에 신고하는 게 좋지 않을까요?"

우건은 고개를 저었다.

"별일 아닐 거요. 파편이 떨어질지 모르니까 돌아들 가시오."

우건의 말에 세탁소 주인과 슈퍼 주인 등이 가게로 돌아갔다.

우건은 거리를 둘러보았다. 여전히 남아 내부를 기웃거리는 동네 주민 몇 외에 다른 사람은 보이지 않았다. 우건은 뚫린 구멍을 통해 안으로 들어갔다. 1층은 의외로 멀쩡했다.

우건은 2층으로 올라갔다.

"주공!"

우건을 발견한 김동이 굵은 눈물을 쏟아내며 달려왔다.

"제발 동생을 살려주십시오!"

"동생은 방에 있나?"

"예, 방에 눕혀놓았습니다."

우건은 방에 들어가 침대에 죽은 듯이 누워 있는 김철을 살폈다.

외상은 없었다.

우건은 김철의 맥을 잡아 내력을 밀어 넣었다. 즉시, 사악한 마기(魔氣)가 튀어나와 우건이 밀어 넣은 내력을 공격했다.

우건이 가진 정종 내력이라면 어렵지 않게 마기를 제압할 수 있었다. 마기의 상극이 바로 우건이 익힌 정종 내력이었다.

그러나 그렇게 하기에는 시간이 너무 많이 걸렸다.

손을 뗀 우건은 혹시 몰라 준비한 귀명단(歸命丹)을 꺼냈다.

"접시에 미지근한 물을 떠오게."

"알겠습니다."

대답한 김동이 얼른 주방으로 달려가 미지근한 물을 떠왔다.

우건은 김동이 가져온 물에 귀명단을 개어 죽처럼 만들었다.

"동생을 뒤에서 안듯이 잡고 있게."

김동은 시키는 대로 뒤에서 김철의 상체를 안듯이 잡았다. 우건은 그사이 김철의 턱관절을 빼서 입이 벌어지게 만든 다음, 죽처럼 갠 귀명단을 벌어진 입에 천천히 흘려 넣었다.

그러나 의식을 잃은 김철은 약을 삼킬 상태가 아니었다.

"이제 다시 눕혀놓게."

김동이 동생을 다시 침대에 조심스레 눕혔다.

우건은 김철의 턱을 다시 맞춰주며 김동에게 물었다.

"인공호흡을 해본 적 있나?"

"없습니다."

"그럼 내가 시키는 대로 하게."

김동은 시키는 대로 김철의 입에 입술을 붙여 공기가 새는 곳이 없게 단단히 밀봉한 다음, 내력을 김철의 입 안에 밀어 넣었다. 그러나 김동이 연성한 내력으로는 쉽지 않았다.

우건은 김동의 명문에 장심을 붙여 내력을 밀어 넣었다.

"이제 다시 해보게."

김동은 다시 정신을 집중해 입으로 내력을 밀어 넣었다.

그러기를 1분쯤 했을 때였다.

꾸르륵거리는 소리가 들리더니 귀명단이 배로 쑥 내려갔다.

"이제 입을 떼게."

입을 뗀 김동이 침대 밑으로 내려와 걱정스런 눈빛으로 동생을 지켜보았다. 눈에는 눈물이 그렁그렁 맺혀 있었다. 아버지가 다른 이부동생이지만 형제의 정은 누구보다 깊은 듯했다.

우건은 태을문 비전 유곡기혈교정술로 마기에 공격당한 혈맥을 치료하며 방금 복용한 귀명단 약효가 잘 돌게 해주었다.

귀명단은 태을문 비전 요상영단(療傷靈丹)으로, 지금처럼 마기나 사기에 공격당한 혈맥 치료에 효과가 아주 탁월했다.

치료를 10분쯤 했을 무렵, 김철이 눈을 번쩍 떴다.

초조하게 지켜보던 김동은 뛸 듯이 기뻐하며 물었다.

"정신이 든 거야?"

방 안을 둘러본 김철이 놀란 목소리로 물었다.

"내, 내가 아직 살아 있는 거요?"

김동이 붉어진 눈가를 훔치며 고개를 끄덕였다.

"그래, 인마. 다 주공 덕분이니까 얼른 인사드려."

일어서려는 김철을 말린 우건이 고개를 저었다.

"앞으로 며칠은 조용히 정양해야 마기를 몰아낼 수 있을 것이네."

김철에게 정양하라 권한 우건은 김동과 함께 거실로 나왔다.

김철을 치료하기 전에 기파를 퍼트려본 우건은 은수와 김은 두 명이 보이지 않는다는 사실을 이미 파악했다. 그러나 그땐 사경(死境)을 헤매는 김철의 치료가 급해 묻지 않았다.

거실로 나온 우건은 바로 김동에게 자초지종을 물었다.

김동은 겁에 질린 표정으로 당시 상황을 설명했다.

우건과 원공후가 떠나고 얼마 지나지 않았을 때였다.

얼굴에 싸늘한 기운이 도는 중년 사내와 사내의 부하로 보이는 자들 대여섯 명이 나타나 쾌영문 외벽에 구멍을 뚫었다.

김철이 용감히 막아섰지만 중년 사내가 가볍게 휘두른 손짓에 스치는 순간, 몸을 부들부들 떨더니 그대로 고꾸라졌다.

깜짝 놀란 김은과 김동이 혼절한 동생 앞을 막아섰을 때였다.

3층에 있으리라 생각한 은수가 1층에 내려와 중년 사내에게 뭐라 말했다. 은수가 무슨 제안을 한 듯 중년 사내가 고개를 끄덕이는 순간, 은수가 몸을 돌려 삼형제에게 인사했다. 그리고 쓰러진 김철을 걱정스러운 시선을 쳐다보다가 다시 몸을 돌려 중년 사내의 부하들에게 자기 신병을 넘겼다.

중년 사내의 싸늘한 시선에 겁을 집어먹은 김은과 김동은 은수의 행동을 제지하지 못했다. 그렇게 은수는 사라져 버렸다. 뒤이어 김은과 김동을 벌레 보듯 경멸스러운 시선으로 쳐다보던 중년 사내 역시 신형을 감추며 상황이 끝나 버렸다.

상황을 설명하는 김동의 얼굴이 자괴감으로 일그러졌다.

"은수는 저희 형제를 살리기 위해 잡혀간 겁니다."

상당한 충격이 있을 법한 얘기였다.

그러나 우건의 표정은 전과 달라지지 않았다.

오싹함을 느낀 김동이 몸을 부르르 떨 때였다.

우건이 담담한 목소리로 물었다.

"첫째는 지금 어디 있나?"

"큰형은 은수를 이대로 빼앗길 수 없다며 놈들을 쫓아갔습니다."

"어떻게?"

"놈들이 타고 온 밴 한 대가 주공께서 전에 추적 장치를 붙여둔 차량이었습니다. 큰형은 그 추적 장치를 쫓는 중입니다."

"내가 첫째의 행적을 알 방법이 있는가?"

김동이 바로 태블릿을 건넸다.

"지도에 있는 붉은 선이 큰형 차고 파란 선이 놈들 차입니다."

김동이 말한 붉은 선과 파란 선은 인천 근처에 모여 있었다.

즉, 목적지가 인천이란 뜻이었다.

"자넨 동생을 간호하게."

그 말을 남긴 우건은 바로 택시를 불러 김은의 차를 추적했다.

붉은 선은 인천항 제2국제여객터미널에 멈춰 있었다. 우건은 택시기사에게 부탁해 그곳으로 향했다. 연말이라 차가 막혔다. 예상보다 1시간이 지나서야 여객터미널에 도착했다.

택시를 보낸 우건은 휴대전화로 김은을 찾았다.

얼마 지나지 않아 김은이 모는 감청색 차가 모습을 드러냈다.

김은이 바로 조수석 문을 열었다.

"어서 타십시오."

우건이 조수석에 오르며 김은에게 물었다.

"놈들은?"

"추적 장치에 따르면 이곳에서 3킬로미터 북쪽에 있는 북성포구에 있는데 1시간 전에 도착해 계속 머무르는 중입니다."

"그쪽으로 가지."

"예."

대답한 김은이 차를 북성포구로 몰았다. 그는 술만 잘 만드는 게 아닌 듯 노련한 솜씨로 복잡한 곳을 쉽게 빠져나왔다.

넓은 도로에 도착한 김은이 조심스런 목소리로 말을 걸었다.

"주공께서 막내의 목숨을 살려주셨단 말을 들었습니다."

"별것 아니네."

감정이 복받친 듯 김은이 코를 훌쩍이며 고개를 저었다.

"사람 목숨을 구하는 일인데 어떻게 별게 아닐 수 있겠습니까. 저희에게 시키실 일이 있으면 언제든 말씀만 하십시오. 저희 삼형제는 주공을 평생 은인으로 모시며 살겠습니다."

우건은 말없이 고개를 끄덕였다.

목적지가 멀지 않았을 때였다.

김은이 다시 조심스런 목소리로 물었다.

"그런데 사부님은 언제 오시는 겁니까?"

"쾌영문주는 홍귀방 이방주와 대결 중이라 당분간 오지 못하네."

"이방주면 홍귀방에서 두 번째로 강한 자가 아닙니까?"

"맞네."

김은이 걱정 가득한 기색으로 물었다.

"그럼 사부님 신변에 이상이 생길 수 있다는 말입니까?"

우건은 잠시 생각한 후에 대답했다.

"그가 내 조언을 잘 이용했다면 무사히 돌아올 수 있을 것이네."

그때, 차가 목적지 부근에 도착했다.

우건은 차에서 내리며 김은에게 지시했다.

"사람들 눈에 띄지 않는 장소에 숨어 있게."

"알겠습니다."

대답한 김은이 얼른 휴대전화를 하나 내밀었다.

"이건 대포폰입니다. 연락이 필요하면 이걸로 하십시오."

"번호는?"

"단축번호 1번이 제 번호입니다."

"알겠네."

"부디 조심하십시오."

걱정 말라는 듯 손을 흔들어 보인 우건은 이내 어둠 속으로 모습을 감췄다. 월광보로 신형을 감춘 상태에서 100여 미터 전진했을 무렵, 낡은 건물이 하나 눈에 띄었다. 공장형 건물이었는데 불빛이 전혀 없었다. 우건은 고개를 돌려 부두에 접한 바다를 보았다. 어둠이 잠긴 바다 위에 작은 요트 10여 척이 정박해 있었다. 우건은 다시 건물에 집중했다.

건물 주위를 한 바퀴 돌았다. 뒤에 작은 쪽문이 있었다. 우건은 기파를 퍼트려 인기척을 찾았다. 홍귀방 방도로 보이는 사내 10여 명이 경비견과 함께 내, 외부를 순찰 중이었다.

우건은 월광보를 펼쳐 쪽문으로 접근했다. 손에 검과 칼을 든 홍귀방 방도 두 명이 셰퍼드로 보이는 경비견과 함께 그 옆을 지나갔지만 전혀 눈치 채지 못했다. 그러나 셰퍼드는 코를 계속 벌름거리는 모습이 우건의 존재를 안 듯했다.

우건은 김진성의 별장에 있던 도사견을 제압할 때처럼 날카로운 살기를 쏘아 보냈다. 그 즉시, 겁을 집어먹은 셰퍼드가 꼬리를 엉덩이 사이에 말아 넣은 후에 서둘러 도망쳤다.

"이 개새끼가 왜 이래?"

놀란 방도가 셰퍼드 목에 채워 둔 목줄을 당기며 중얼거렸다.

목소리가 제법 크게 울린 탓에 근처에 있던 다른 방도들의 시선이 잠시 그에게 향했다. 우건은 그 틈에 쪽문을 열었다.

창고 안은 백열전구가 크리스마스트리처럼 걸려 있어 그리 어둡지 않았다. 우건은 안으로 들어가 쪽문을 다시 닫았다.

우건은 그 상태로 잠시 대기했다. 들키지 않은 듯 안과 밖이 모두 조용했다. 우건은 안으로 걸어가 내부를 둘러보았다.

창고 안은 거대한 주차장이었다.

화려한 외양을 자랑하는 스포츠카 몇 대와 주로 짙은 색인 중형차 몇 대가 백열전구가 만든 불빛 속에 잠들어 있었다.

내부에도 경비견을 동반한 순찰조가 있었다.

우건은 그들을 피해 내부를 자세히 살펴보았다.

지하로 내려가는 계단 입구가 있었다.

우건은 계단을 내려갔다.

계단 벽과 천장 구석구석에 홍귀방 방도 10여 명이 매복해 있었지만 역시 우건의 존재를 전혀 알아채지 못했다. 그들에게는 월광보가 지닌 현기(玄機)를 간파할 능력이 없었다.

계단을 다 내려온 우건은 두꺼운 커튼 사이를 유령처럼 빠져나와 주위를 둘러보았다. 대리석으로 만든 난간이 먼저 보였다. 난간을 기준으로 3, 4미터 밑에는 무대가 위치했다.

우건은 난간을 따라 좌측으로 걸어갔다.

난간 반대편에는 화려하게 꾸민 테라스가 있었다. 테라스가 안으로 들어가 있어 입구에서는 보이지 않았다.

테라스에 이른 우건은 잠시 멈춰 섰다. 가면을 쓴 사람들이 테라스에 앉아서 망원경으로 난간 아래 무대를 구경하는 중이었다.

마치 오페라를 감상하는 중세 귀족처럼 보였다.

그때였다.

무대를 비추던 조명이 일제히 꺼졌다.

우건은 혹시 들켰나 싶어 다시 월광보를 펼쳤다.

6장. 혈야(血夜)

특무 1팀 팀장 최무환(崔茂煥)은 냉장트럭을 개조해 만든 위장차량 안에서 이어마이크를 찬 상태로 모니터를 주시했다.

안에 설치한 냉장시설을 모두 들어낸 위장차량 안에는 모니터 다섯 대를 포함한 각종 전자장비로 발 디딜 틈이 없었다.

최무환은 원형 무대를 촬영 중인 모니터를 주시하며 물었다.

"조옥남과 윤조의 소재는 밝혀냈나?"

외부와 연락 중인 오퍼레이터가 고개를 저었다.

"둘 다 보이지 않는답니다."

"놈들의 거점에 팀원을 보내 확인해보도록 하게. 오늘 같은 중요한 행사에 이방주와 삼방주가 나타나지 않을 리 없어."

말을 멈춘 최무환이 미간을 찌푸리며 덧붙였다.

"우리가 모르는 무슨 일이 생기지 않았다면 말이야."

"감시 중인 팀원을 보내 바로 확인하겠습니다."

대답한 오퍼레이터가 급히 휴대전화를 집어 들었다.

부하에게 지시를 내린 최무환은 다시 모니터 화면에 집중했다.

그가 지금 보는 모니터는 지하에 위치한 원형 무대를 비추는 중이었다. 즉, 어딘가에 카메라를 심어두었거나, 아니면 누군가가 잠입해 지금 보는 화면을 촬영 중이란 뜻이었다.

모니터를 조작하던 오퍼레이터가 급히 보고했다.

"시작했습니다."

"그렇군."

최무환은 팔짱을 낀 자세로 화면을 주시했다.

원형 무대를 비춰주던 핀 조명이 꺼지는 순간, 간헐적으로 들려오던 웅성거림이 멎었다. 곧 행사가 시작한단 의미였다.

예상대로였다.

핀 조명은 30초 후에 다시 켜졌다.

한데 전에는 없던 무언가가 원형 무대를 가득 채운 상태였다.

팔짱을 푼 최무환이 얼굴을 모니터 앞으로 가져갔다.

"뭐야? 어항 같은 건가?"

오퍼레이터가 반사적으로 대꾸했다.

"제겐 수족관에 더 가까워 보입니다. 물과 물고기는 없지만요."

"물과 물고기는 없지만 대신 다른 게 들어 있군."

원형 무대에 나타난 물건의 정체는 바로 유리로 만든 투명한 원통이었다. 투명한 원통 안에는 실오라기 하나 걸치지 않은 소녀가 겁에 잔뜩 질린 모습으로 구석에 웅크려 있었다.

최무환이 살짝 화가 난 음성으로 물었다.

"몇 살로 보이나?"

"10살 안팎으로 보입니다."

그때, 원통 위에 달린 화면에 불이 들어왔다.

숫자를 표시하는 디지털 기판이었다.

오퍼레이터가 이를 갈았다.

"경매를 시작하는 모양이군요."

처음에는 0이던 숫자가 빠르게 올라가 곧 30만에 이르렀다.

최무환이 물었다.

"달러로 30만인가?"

"그럴 겁니다. 외국에서 온 놈들도 꽤 있으니까요."

숫자는 30만에서 더 이상 변동이 없었다.

그때, 원통을 비추던 핀 조명이 다시 꺼졌다.

칠흑 같은 어둠 속에서 기계가 내는 소리만이 희미하게 들렸다.

1분쯤 지났을 무렵, 다시 핀 조명이 켜졌다. 유리로 만든 원통은 그대로였다. 그러나 그 안에 든 사람은 바뀐 상태였다.

이번에는 대여섯 살이 넘지 않은 소년이었다.

오퍼레이터가 고개를 돌려 최무환을 보았다.

"어떻게 하실 겁니까?"

최무환은 다시 팔짱을 꼈다.

"오늘은 예정대로 증거만 수집한다. 놈들의 전력을 파악하지 못한 상태에서 섣불리 건드렸다가는 6개월에 걸친 잠입 작전과 감시 작전이 모두 물거품으로 돌아갈 가능성이 있다."

"그럼 아이들이 저대로 팔려가게 두자는 겁니까?"

최무환은 미간을 찌푸렸다.

"나도 너처럼 저 아이들을 구하고 싶은 마음이 굴뚝같다. 그러나 명령을 받지 못한 상황에선 지켜보는 수밖에 없다."

오퍼레이터가 항변하듯 물었다.

"우린 국민을 지키는 경찰 아닙니까?"

"네 말대로 우린 국민의 생명과 재산을 지키는 경찰이지. 그러나 우린 일반 경찰과 다르다. 우리가 상대하는 놈들은 수백 명을 죽이고도 눈 하나 깜짝하지 않는 놈들이다. 제대로 준비해 타격하지 않으면 당하는 것은 오히려 우리일 거다. 반면, 놈들은 유유히 빠져나가 이 짓을 다시 반복하겠지."

오퍼레이터 역시 물러서지 않았다.

"경매에 참여한 놈들 중에 정치인이나 고위 관료가 있을까봐 주저하는 건 아닙니까? 남한산성(南漢山城)조약 때문에……."

최무환이 손을 들었다.

"그만! 자네는 바람 좀 쐐야겠군."

그 말에 이어마이크를 벗은 오퍼레이터가 자리에서 일어났다.

그때였다.

두 번째 경매가 막 끝나려는 무대에 시커먼 그림자가 뛰어드는 모습이 보였다. 시커먼 그림자가 엄청나게 빨리 움직이는 바람에 마치 검은색 바람이 무대로 불어가는 듯했다.

뒤이어 새하얀 광채가 번쩍였다.

화면을 가득 채운 광채가 서서히 사라지더니 무대 위 모습이 다시 드러났다. 원통은 위쪽이 깨끗하게 잘린 상태였다.

다시 자리에 앉은 오퍼레이터가 비명을 질렀다.

"무대 바닥에 구멍이 뚫려 있습니다!"

최무환은 급히 시선을 화면 아래로 내렸다.

오퍼레이터 말대로 바닥에 동그란 구멍이 뚫려 있었다.

"아이는?"

최무환의 질문에 오퍼레이터가 화면을 샅샅이 훑었다.

"없습니다."

그때, 무대를 비추던 카메라가 테라스 좌우를 번갈아 비추었다.

사람이 카메라를 직접 조종한다는 뜻이었다.

갑작스러운 상황에 놀란 경매 참가자들이 보디가드로 보이는 사내들과 함께 테라스 밖에 있는 비상구로 탈출 중이었다.

놀란 오퍼레이터들이 최무환을 보았다.

"빌어먹을! 대체 어떤 새끼야!"

이어마이크를 바닥에 던진 최무환이 소리쳤다.

"우리 쪽 타격대는 지금 어디 있나?"

"남쪽 부두에 있습니다."

"다 출동시켜! 특무대 인천지부에 연락해서 강습팀도 띄우고!"

오퍼레이터들의 움직임이 분주해졌다.

그때, 외부 연락을 맡은 오퍼레이터가 소리쳤다.

"삼방주 윤조가 머무는 로열크라운빌딩이 현재 비어 있답니다. 그리고 이방주 조남옥은 그가 운영하는 태성골프장으로 들어간 후에 보지 못했답니다. 팀원 몇 명이 골프장 안으로 진입 중인데 곳곳에 홍귀방 방도들의 시체가 널려 있답니다."

최무환이 버럭 소리쳤다.

"그걸 왜 지금 안 거야?"

"다들 오늘 경매에 집중하느라, 그쪽은 신경 쓰지 못했습니다."

그때, 다른 오퍼레이터가 급히 물었다.

"현지 경찰에 지원요청하시겠습니까?"

"해경에 부탁해서 우선 부두부터 막아! 요트를 타고 온 해외 쪽 바이어들은 우리 해상에서 벗어나려고 할 거야! 그리고 인천지방경찰청에 연락해서 도로도 차단해달라고 하고!"

"알겠습니다!"

지시를 내린 최무환은 무기를 챙겨 위장차량을 나왔다.

위장차량 앞에는 완전무장한 1팀 팀원 20여 명이 서 있었다.

"아이들이 있으니까 무기 사용에 각별히 신경 써라!"

"예!"

"가자!"

복면을 착용한 최무환을 선두로 1팀 타격대가 창고를 덮쳤다.

✛ ❖ ✛

무대를 비추던 핀 조명이 갑자기 꺼졌을 때, 우건은 테라스에 앉은 사내 하나가 몸을 비스듬히 틀어 무대를 내려다보는 모습을 발견했다. 가면을 착용해 얼굴을 볼 수는 없었지만 옷깃을 계속 신경 쓰는 모습이 왠지 자연스럽지 않았다.

우건은 선령안으로 사내의 행색을 빠르게 훑었다.

오래지 않아 위에 입은 코트 깃 부분에 콩알만 한 점이 있는 모습을 발견했다. 선령안으로 보지 않았으면 알아채기 힘들 만큼 작았다. 우건은 선령안을 더 집중해 살펴보았다.

우건이 잘못 보지 않았다면 소형카메라가 분명했다.

쾌영문에는 원공후, 김 씨 삼형제가 전에 사용하던 장비들이 꽤 남아 있었는데 그중에 저런 소형카메라가 몇 개 있었다.

전자 장비를 잘 아는 김동의 말이 떠올랐다.

- 이런 초소형 핀홀카메라는 은밀해서 잘 들키지 않지만 대신 초단파라 이를 수신하는 장비가 가까운 곳에 꼭 필요합니다. -

조용한 곳으로 이동한 우건은 대포폰을 꺼내 번호를 눌렀다.

김은이 바로 받았다.

-무슨 일이 생겼습니까?

"근처에 감시하는 자들이 있나 찾아보게."

-알겠습니다. 바로 알아보고 문자로 알려드리겠습니다.

우건이 전화를 끊었을 때였다.

핀 조명이 켜지며 무대 위에 유리로 만든 원통과 원통에 갇힌 여자아이의 모습이 나타났다. 무언가를 직감한 우건은 들끓는 살심을 애써 눌렀다. 지금은 장헌상이 잡아간 은수를 찾는 일이 우선이었다. 여기서 타초경사하는 실수를 범하면 장헌상과 은수가 다른 장소로 이동할 가능성이 있었다.

통 위에 달린 기판에 적힌 숫자가 빠르게 올라갔다.

숫자가 30만에 멈췄을 때, 우건은 김은이 보낸 문자를 받았다.

-경찰 특무대로 보이는 사람들이 주변에 매복해 있었습니다.

대포폰을 주머니에 넣은 우건은 두 번째 경매를 시작하기 전에 계획을 수정했다. 물론, 특무대를 이용하는 계획이었다.

두 번째 경매는 아주 어린 사내아이였다.

기판에 숫자가 올라가는 모습을 지켜보던 우건이 무대 위로 몸을 날렸다. 무대 근처 어두운 곳에 홍귀방 방도가 여럿 있었지만 우건의 동작이 워낙 재빨라 대응할 틈이 없었다.

무대 중앙을 차지한 원통이 보이는 순간, 한상검을 뽑아 옆으로 휘둘렀다. 원통 위가 잘려나가며 겁에 질린 아이의 모습이 보였다. 우건은 재빨리 안으로 뛰어들어 아이를 잡았다.

-놀랄 필요 없다. 널 구해주러 온 사람이니까.

우건은 아이에게 전음을 보냄과 동시에 한상검을 바닥에 찔러 넣어 한 바퀴 돌렸다. 원통 바닥과 무대 상부가 통째로 잘려나갔다. 우건은 아이가 놀라지 않도록 눈을 가리며 무대 밑으로 몸을 날렸다. 홍귀방 방도 대여섯 명이 그런 우건에게 검을 찔러왔다. 우건은 천근추(千斤墜)를 펼쳐 바닥에 착지했다. 홍귀방 방도가 찌른 검이 허공을 갈랐다.

홍귀방 방도들이 물러설 때, 우건은 자세를 낮추며 선풍무류각의 선와각(漩渦脚)을 펼쳤다. 소용돌이가 일듯 거센 경풍이 한차례 휘몰아치는 순간, 홍귀방 방도들의 무릎이

제멋대로 꺾였다. 우건은 다시 뛰어올라 연환각과 철혈각을 사방으로 펼쳐갔다. 발길이 향하는 곳마다 뼈 부러지는 소리가 쉴 새 없이 울렸다. 우건은 바닥을 차서 빠져나왔다.

목과 가슴뼈가 부러진 방도들이 비명을 지르며 바닥을 굴렀다.

우건은 인기척을 찾아 움직였다.

오래지 않아 감옥이 나타났다.

우건은 선풍무류각으로 감옥을 지키는 간수들을 때려눕혔다.

감옥에는 여자와 아이 10여 명이 갇혀 있었다.

우건은 그중에 은수가 있나 찾았다.

그러나 은수는 보이지 않았다.

맨 처음 보았던 여자 아이는 별도의 감옥에 혼자 갇혀 있었다.

경매가 끝나면 다른 감옥으로 옮기는 모양이었다.

감옥 문을 부순 우건은 여자와 아이들을 안전한 장소로 데려갔다. 처음에는 우건을 홍귀방 방도로 오해해 그를 따라오지 않으려했다. 그러나 우건이 막아서는 홍귀방 방도 10여 명을 단숨에 쓰러트리는 모습을 보더니 따라오기 시작했다.

우건은 기파를 계속 퍼트려 특무대 위치를 찾았다.

오래지 않아 공장 지하로 내려온 특무대 선봉이 기파에 걸렸다.

"저쪽에 있는 아저씨들이 안전한 곳으로 데려가 줄 거야."

우건은 여자와 아이들을 특무대 쪽으로 보냈다.

특무대는 갑자기 달려드는 여자와 아이들에 놀란 듯했다. 그러나 앞장선 복면사내가 뭐라 지시하는 순간, 일제히 무기를 거둔 후에 여자와 아이들을 호위해 지하를 빠져나갔다.

여자와 아이들은 구했지만 정작 은수는 행방이 묘연했다. 우건은 미로처럼 얽힌 지하도 안을 수색하며 은수를 찾았다.

그때, 진동으로 해놓은 전화벨이 울렸다.

우건은 바로 전화를 받았다.

"무슨 일인가?"

김은의 잔뜩 흥분한 목소리가 들려왔다.

―여긴 난리가 났습니다.

"왜 그러는가?"

김은이 재빨리 주워섬겼다.

―경찰 수십 명이 도로와 항구를 완전히 차단했습니다. 그리고 바다에는 해경이 진입해 부두에 정박한 요트를 모두 수색 중입니다. 벌써 중국과 동남아시아에서 온 외국인

이 여럿 잡혔습니다. 방금 전엔 헬리콥터 두 대에서 완전무
장한 특무대원 30명이 창고 지붕 위로 강하하는 광경까지
봤습니다.

"자네는 무사한가?"

ㅡ전 주공이 가르쳐주신 덕분에 제때 몸을 빼낼 수 있었
습니다.

우건은 잠시 말을 멈췄다가 다시 물었다.

"여자와 아이들은 보았는가?"

ㅡ그 여자와 아이들이 그곳에 잡혀있던 겁니까?

"그렇네."

ㅡ봤습니다. 경찰이 버스 같은 데 태우더군요.

이번에는 김은이 먼저 물었다.

ㅡ그런데 은수는 찾으셨습니까?

"찾는 중이네."

ㅡ특무대가 들어갈 텐데 괜찮으시겠습니까?

"어떻게든 해봐야지."

전화를 끊은 우건은 기파를 퍼트려 인기척이 있는 방향
으로 달렸다. 백열등이 달린 좁은 통로를 나올 때였다. 홍
귀방 방도 두 명이 암기를 던지며 덮쳐왔다. 우건은 신법을
펼쳐 가볍게 피하며 한상검을 찔렀다. 방도 두 명이 꼬치
꿰이듯 한 번에 꿰여 날아갔다. 좁은 통로에 혈향이 가득했
다.

우건은 복도를 달리며 적이 있을 만한 장소에 검을 찔렀다.

그때였다.

어둠 속에서 시커먼 물건이 튀어나왔다.

우건은 본능적으로 선도선무를 펼쳐 막았다.

부챗살처럼 펴져간 검광이 시커먼 물건을 자르려는 순간, 귀청을 찢는 굉음과 함께 탄환 수십 발이 좁은 복도를 갈랐다.

검을 회수한 우건은 천장으로 몸을 날렸다.

드드드드!

탄환이 추격하듯 우건을 쫓아와 천장을 벌집으로 만들었다.

철컥!

탄을 다 소진한 듯 탄창이 걸리는 소리가 들렸다.

천장을 도약대 삼아 속도를 높인 우건이 유성추월을 찔러갔다.

촤아악!

피가 안개처럼 뿜어지는 가운데 시체 두 구가 서로를 기댄 자세로 쓰러졌다. 두 사람의 손에는 소총보단 작지만 권총보단 큰 총이 들려 있었다. 기관단총이라 불리는 무기였다.

시체 두 구를 뛰어넘은 우건은 복도를 바람처럼 달렸다.

적들의 저항은 갈수록 거세졌다.

우건이 제대로 찾은 모양이었다.

의미 없는 저항과 살육이 거의 끝나갈 무렵이었다.

휙!

이번에는 공처럼 생긴 물체 두 개가 날아왔다.

우건은 급히 검풍(劍風)을 만들어 공을 휘감았다.

검풍에 말려든 공 두 개가 허공에 잠시 멈춰 섰다.

퍼어엉!

공 두 개가 고막이 찢어질 듯한 굉음을 쏟아내며 폭발했
다.

수류탄(手榴彈)이었다.

박살난 수류탄의 파편이 마치 폭풍처럼 좁은 복도를 휩
쓸었다.

파파파팟!

우건은 한상검을 어지럽게 휘둘러 파편을 쳐냈다.

검막(劍幕)을 돌파한 파편 몇 개가 몸 여기저기에 틀어박
혔지만 다행히 호신강기 덕분에 피육이 다치는 선에서 끝
났다.

우건은 수류탄이 날아온 곳에 검을 찔러 넣었다.

푹!

한겨울 서리처럼 냉기를 풀풀 풍기는 한상검이 벽을 두
부처럼 찢고 들어가 그 뒤에 매복한 홍귀방도의 수급을 잘
랐다.

홍귀방도의 손에는 미처 던지지 못한 수류탄이 하나 있었다.

우건은 수류탄을 챙겨 복도를 빠져나왔다. 복도 끝에는 융단이 깔린 로비와 붉은색 도깨비를 조각한 여닫이문이 있었다.

홍귀방도 다섯이 여닫이문 앞을 막아섰다.

우건은 클립을 뽑은 수류탄을 던지며 벽으로 피했다.

콰콰쾅!

수류탄이 폭발하며 문 앞을 막아선 홍귀방도 다섯을 갈가리 찢었다. 도깨비를 조각한 문 역시 산산조각 나 흩어졌다.

우건은 곧장 부서진 문을 넘어 안으로 들어갔다.

그 순간, 전혀 예상하지 못한 풍경이 눈앞에 펼쳐졌다.

우건이 들어선 곳은 가로 너비가 50미터, 세로 너비가 30미터, 높이가 10미터에 달하는 엄청난 규모의 대청 입구였다.

이곳 기준으로 따지면 메인 홀과 같은 곳이었다.

우건의 시선을 가장 먼저 잡아끈 것은 대청 가운데 깔린 붉은색 융단 양옆으로 도열하듯 서 있는 악귀 석상 열여덟 개였다.

석상 높이가 거의 7, 8미터에 달해 담이 작은 자들은 감히 쳐다볼 엄두가 나지 않을 정도로 으스스한 분위기를 자아냈다.

우건은 고개를 들어 붉은색 융단이 끝나는 지점을 바라보았다.

융단 끝에는 반원형으로 쌓아올린 대리석 계단이 있었다. 그리고 그 끝에는 다리와 등받이 위 튀어나온 부분을 악귀 얼굴과 몸통으로 조각한 대리석 의자가 하나 놓여 있었다.

우건의 시선은 최종적으로 그 의자에 앉아 있는 사내에게 고정되었다. 의자 위에는 40대 중후반으로 보이는 냉정한 인상의 중년 사내가 얼음장처럼 차가운 표정으로 앉아 있었다.

악귀를 닮은 석상 열여덟 개가 마치 계단 위 의자에 앉아있는 중년 사내에게 감복(感服)하는 것 같은 자세로 서 있었다.

우건은 석상 하나를 무심한 시선으로 바라보았다.

오래지 않아 중원을 행도할 때 참가한 회전(會戰) 하나가 떠올랐다. 당시 강남에는 마교(魔敎) 분파로 악명을 떨치던 남마교(南魔敎)가 욱일승천의 기세로 교세를 확장 중이었다.

마교는 원래 서역 마니교(摩尼敎)가 중원에 들어와 생긴 명교(明敎)가 그 원류였다. 한데 시간이 지날수록 명교 교리를 왜곡하거나, 명교의 무공을 사교(邪敎)의 사악한 술법과 접목하려는 이단의 부류가 생겨나 큰 분쟁이 일어났다.

이 이단의 부류가 명교를 나와 세운 분파가 바로 마교였다. 이들이 평소에 악행을 워낙 많이 저지른 탓에 무림공적으로 몰려 몇 차례 토벌을 당했다. 그러나 생명력이 질긴 그들은 잠잠해졌다 싶으면 다시 등장해 피바람을 일으켰다.

우건이 강호를 행도할 때는 강남에서 갑작스레 봉기한 남마교가 한창 위세를 떨치던 시기였다. 중원 백도인들은 남마교가 더 성장하기 전에 토벌할 생각으로 정벌군을 모집했다.

우건은 당시 강호를 함께 행도하던 지인과 친구의 부탁으로 이 회전에 참석해 적지 않은 공훈을 세운 경험이 있었다.

한데 인천 어느 창고 지하에서 남마교 본산에 쳐들어갔을 때 본 악귀 석상과 닮은 석상을 목격한 것이다. 어지간한 일에는 놀라지 않는 우건으로서도 놀라지 않을 도리가 없었다.

우건은 계단 앞으로 걸어가며 물었다.

"남마교의 후예였소?"

중년 사내, 즉 마검귀 장헌상의 눈꼬리가 살짝 치켜 올라갔다.

천천히 일어난 장헌상이 계단을 내려오며 물었다.

"본교(本敎)를 아느냐?"

"남마교는 모르지만 남마교 교주 함마노조(陷魔老祖)는 아오."

"선사(先師)를 안다는 말이냐?"

"그와 손속을 나눠본 경험까지 있소."

장헌상이 손바닥을 벌리는 순간, 의자 옆에 놓인 새빨간 검집이 둥둥 떠올라 그의 손으로 빨려 들어갔다. 절정에 이른 격공섭물이었다. 내력은 확실히 우건보다 월등한 듯했다.

장헌상이 붉은 검집에서 검을 뽑아내며 물었다.

"선사께서는 생전에 이파(異派) 고수와 손속을 나누어본 경험이 거의 없다. 백도 놈들이 쳐들어왔을 때를 제외하면 말이지."

우건은 천지검 기수식인 인답장도 자세를 취하며 대답했다.

"기억이 꽤 정확하군. 내가 그와 겨룬 시기가 그때였으니까."

"선사께선 무당 말코 손에 돌아가신 걸로 아는데 아니었느냐?"

"무당 말코가 무당장문 명도진인(明道眞人)을 가리키는 말이라면 맞소. 중원 일은 중원 무인이 해결하는 게 순리니까."

우건의 말에 무언가가 떠오른 듯했다. 장헌상의 어깨에서 시커먼 마기가 봄날 아지랑이 피어오르듯 서서히 올라왔다.

"당시 선사께선 오른다리가 거의 잘린 상태에서 무당 말코와 겨루었다는 말을 들은 적 있다. 그게 네놈 짓이란 말이냐?"

"어떤 다리인진 기억나지 않지만 아마 맞을 거요."

장헌상은 천장을 보며 광소를 터트렸다.

천장에 쌓인 먼지가 후드득 소리를 내며 떨어졌다.

광소를 멈춘 장헌상은 살기 가득한 눈으로 우건을 노려보았다.

"이제야 감이 좀 잡히는군. 본산에 쳐들어 온 놈들 중에 태을문 말코새끼가 한 명 끼어 있었다는 말을 나중에 들은 적 있다. 그리고 그날 제천회 대청에 쳐들어 온 놈 역시 태을문이 보낸 새끼 말코였지. 네놈이 바로 우건이란 놈이구나."

우건은 맞다는 듯 어깨를 으쓱거려보였다.

장헌상이 흥미로워하며 물었다.

"그 얼굴은 인피면구인가?"

"다행히 내 얼굴에 잘 맞더군."

"막내나 둘째가 당한 게 이제야 이해가 조금 가는군."

"둘째는 내 솜씨가 아니오."

장헌상의 눈가가 살짝 가늘어졌다.

"설마 둘째가 그 원숭이 새끼에게 당했단 거냐?"

"그럴 거요."

장헌상이 너털웃음을 터트렸다.

"하하, 그 원숭이도 제법 하는구나!"

우건이 내력을 끌어올리며 장헌상에게 물었다.

"이 소저는 어디 있소?"

장헌상의 입가에 걸린 미소가 좀 더 짙어졌다.

"이 소저? 아, 은수란 계집 말이구나. 네놈도 그년과 자고 싶어 안달이 난 거냐? 하긴 나이가 어리니까 살이 보들보들하기는 할 거야. 그러나 찬물도 위아래가 있는 법인데 계집이야 더 말해 무엇하겠느냐. 넌 좀 더 기다려야 할 게다."

우건이 싸늘한 음성으로 물었다.

"그녀를 누구에게 팔았소?"

장헌상이 검으로 우건의 미간을 겨누었다.

"천천히 하자고. 난 이 시간을 좀 더 즐기고 싶으니까."

"그리 길진 않을 거요."

"할 수 있으면 해보시지."

대꾸한 장헌상이 검을 쥔 손목을 살짝 흔들었다.

쉬익!

그 순간, 검봉이 발출한 마기가 우건의 어깨를 곧장 찔러왔다.

섬영보로 피한 우건이 재빨리 생역광음으로 반격했다.

장헌상 역시 바로 반격에 나섰다.

카앙!

검과 검이 부딪치며 불꽃이 튀었다.

전력을 다한 생역광음이 처음으로 막히는 순간이었다.

우건은 부동심을 유지하며 장헌상의 공격을 차분히 막아 냈다.

순식간에 십여 합이 지났다.

장헌상은 이곳에 넘어와 처음 상대하는 강적이었다.

한세동, 혈운검, 윤조, 조남옥과는 차원이 다른 절정고수였다.

장헌상이 느끼는 감정 역시 별반 다르지 않은 듯했다.

"역시 말코들의 왕이라 이거냐?"

장헌상은 검봉을 통해 마기를 끊임없이 쏘아 보냈다. 그러나 마기는 우건에게 전혀 피해를 주지 못했다. 우건이 익힌 도문 정종심법이 처음부터 마공에 대항할 목적으로 만들어진 덕분이었다. 도를 수련하는 도사에게 가장 큰 적은 외부의 적이 아니었다. 마음과 머릿속에 있는 적, 즉 심마였다.

도사들은 이 심마를 다스리기 위해 심법을 창안했다. 우건이 익힌 천지조화인심공과 태을혼원심공 역시 마찬가지였다.

반면, 장헌상과 같은 마도인(魔道人)은 그 반대였다. 그들은 오히려 심마를 이용하는 무공을 만들었는데 그게 바로 마공이었다. 다만, 마공은 다른 무인에게는 염라대왕보다 무서운 위력을 뽐내지만, 태생적인 한계로 인해 우건처럼 도문 정종심법을 오래 수련한 사람에게는 잘 통하지 않았다.

당시 함마노조는 우건보다 최소 한 단계 이상 높은 고수였다. 그러나 그가 반백년 넘게 수련한 마공이 전혀 통하지 않은 탓에 강호 풋내기와 다름없는 우건에게 다리가 잘렸다.

당시 남마교를 토벌한 세력에는 무당파와 종남파(終南派), 청성파(靑城派) 등 중원에서 내로라하는 도문이 끼어 있었다.

그러나 그들이 익힌 심법은 우건이 익힌 심법처럼 마공을 전문적으로 상대하는 심법이 아니었다. 심법을 창안한 처음에는 어땠을지 모르지만 시간이 지날수록 변형과 재해석, 보완이 이루어져 원래 형태를 잃었다. 우건이 토벌에 참가할 거라 생각 못한 함마노조로서는 운이 나빴던 셈이었다.

기선제압에 실패한 장헌상은 바로 독문절기를 펼쳤다.

함마노조 독문검법으로 유명한 명왕강림검(明王降臨劍)이었다.

원공후는 장헌상이 익힌 검법을 지옥사자검으로 아는 듯

했다. 그러나 남마교 후예란 사실을 감추기 위해 장헌상이 검법 이름을 지옥사자검이라 부른 데서 오는 일종의 오해였다.

장헌상은 오른손에 검을, 왼손에 붉은 검집을 쥔 자세로 쌍수합격(雙手合擊)을 해왔다. 검봉이 쏘아낸 검은색 마기가 인중을 찔러오는 모습을 본 우건은 급히 몸을 날려 피했다.

쉬익!

그 순간, 왼손에 쥔 붉은 검집이 호선(弧線)을 그리며 옆구리를 찔러왔다. 절묘한 합격이었다. 피할 공간과 시간이 부족했다. 우건은 몸을 돌리며 일검단해로 검집을 막아갔다.

카앙!

붉은 검집이 뒤로 튕겨나가며 장헌상의 왼쪽 겨드랑이가 훤히 드러났다. 우건은 바로 선도선무를 전개해 허점을 찔렀다.

장헌상은 검과 검집을 교차하듯 휘둘러 선도선무를 막았다.

캉캉캉캉캉!

불꽃이 중추절 폭죽처럼 피어올랐다.

한상검은 오금의 정화를 캐다가 내력으로 연성한 신검이었다. 웬만한 검은 부딪치는 순간, 두부처럼 자를 수 있었다.

그러나 장헌상의 검은 검신에 흠집 하나 나지 않았다. 이는 장헌상의 검 역시 한상검에 못지않은 보검이라는 뜻이었다.

"제법이구나!"

감탄한 장헌상이 보법을 펼쳐 달려들며 검과 검집을 동시에 찔러왔다. 검은 가슴을, 검집은 목을 찔러왔다. 속도와 각도가 절묘해 검으로는 두 개의 공격을 동시에 막지 못했다.

우건은 검을 막으며 왼손으로 파금장을 뿌렸다.

펑!

파금장에 막힌 검집이 바닥으로 휙 가라앉았다.

뒤로 물러선 장헌상이 재미있다는 표정으로 물었다.

"검법과 장법을 동시에 펼치다니 그건 무슨 수법이냐?"

"분심공이오."

"오호, 그게 도가에서 비전으로 내려온다는 분심공이란 말인가. 과연 오묘하군, 오묘해. 그러나 분심공이 만능은 아니지."

싸늘히 대꾸한 장헌상이 팔을 위로 들어 올리는 순간, 겨드랑이 밑에서 새로운 검 두 개가 번개같이 튀어나왔다. 뒤이어 장헌상 몸 주위를 회전하며 흐르던 검은색 마기가 네 개로 늘어난 검을 안개처럼 감싸 형체를 흐릿하게 만들었다.

장헌상은 네 개의 검으로 우건의 요혈을 집요하게 찔러
왔다.

쉬익!

우건은 허벅지 기문혈(箕門穴)을 찔러오는 장헌상의 검
봉을 대해인강으로 저지했다. 대해인강이라는 이름처럼 끝
을 알 수 없는 바다가 강물을 집어삼키듯 마기를 찍어눌러
갔다.

한데 검이 허전했다. 마치 허공을 때린 듯 반동이 전혀
없었다. 바다가 삼킨 게 강물이 아니라, 빈 공간이었던 것
이다.

상대의 허초라는 사실을 간파한 우건은 급히 물러섰다.

그때였다.

반대편에 있는 검 두 자루가 어깨에 있는 견정혈(肩井穴)
과 허벅지에 있는 풍시혈(風市穴)을 찔러왔다. 둘 다 요혈
이었다. 그러나 견정혈이 풍시혈보다 중요했다. 우건은 견
정혈을 찔러오는 검을 향해 곧장 생역광음을 펼쳐 맞서갔
다.

쉬익!

날카로운 파공음이 울린 직후, 장헌상의 검이 스르륵 흩
어졌다. 그러나 우건의 표정은 밝지 않았다. 이번 역시 허
초였다. 실제 공격은 견정혈이 아니라, 풍시혈을 노린 검초
였다.

우건은 호신강기를 펼치며 몸을 비틀었다.

캉!

호신강기와 장헌상이 찌른 검이 부딪쳤다. 처음에는 호신강기로 충분히 막을 수 있을 듯 보였다. 그러나 검봉이 소용돌이처럼 도는 순간, 호신강기에 구멍이 뚫리기 시작했다.

촤아악!

검봉이 허벅지를 스치며 핏물이 무지개처럼 튀었다. 마기가 혈맥에 침투하진 못했지만 검에 실린 경력이 워낙 강력했다. 마치 드릴처럼 호신강기를 찢고 들어와 살을 후벼팠다.

우건은 급히 검을 휘둘러 방어하며 지혈할 틈을 노렸다.

그러나 장헌상 역시 산전수전 다 겪은 고수였다.

지혈할 틈을 주지 않기 위해 맹렬한 공격을 가했다.

풍시혈이 찔리지는 않았지만 허벅지에 있는 큰 혈관에 손상을 입은 듯 피는 순식간에 허벅지를 넘어 하체 전체를 적셨다.

우건이 걸음을 뗄 때마다 피가 빗방울처럼 후드득 떨어졌다.

우건은 일검단해와 대해인강 등 방어초식을 총동원해 막아갔다. 검막이 촘촘한 덕분에 장헌상의 맹공이 먹히지 않았다.

우건은 그 틈에 지혈하기 위해 빈손으로 허벅지를 찔러 갔다.

그때였다.

위잉!

벌떼가 모여드는 것 같은 소리가 들리더니 장헌상의 겨드랑이 밑에서 검이 두 개 더 튀어나왔다. 이제 검이 네 개가 아니라 여섯 개로 늘어남 셈이었다. 물론, 그중 네 개는 가짜였다. 그러나 그중 뭐가 가짜인지 알아볼 틈이 없었다.

선령안이 있지만 속도가 빨라 허실을 판단하기 어려웠다. 눈으로 판단했을 때는 이미 장헌상의 검봉이 지척에 있었다.

장헌상은 끊임없이 공격했다. 지혈은커녕 숨 돌릴 틈이 없을 지경이었다. 여섯 개로 늘어난 검이 번갈아가며 요혈을 찔렀다. 여전히 실초와 허초가 섞여 있어 대응이 쉽지 않았다.

우건이 펼친 방어막에 박혀든 장헌상의 검이 회전하는 순간.

드드드!

검봉이 뿜어낸 경력이 드릴처럼 호신강기를 찢어발겼다.

치익!

왼팔이 잘리며 옷과 살점이 뭉텅 떨어져 나갔다. 다행히 뼈는 크게 다치지 않았지만 가뜩이나 심한 출혈이 더 심해졌다.

무인 역시 인간이었다. 몸에 있는 피가 다 빠져나가면 죽을 수밖에 없었다. 기로에 선 우건은 방법을 바로 바꾸었다.

장헌상의 공격을 막으며 지혈할 수 없다면 그를 먼저 쓰러트린 후에 지혈하는 수밖에 없었다. 우건은 천지검과 태을진천뢰를 동시에 펼쳐 장헌상의 예봉을 꺾었다.

퍽!

장헌상의 검집이 어깨를 후려쳤지만 우건은 물러서지 않았다.

쿠르릉!

왼손으로 펼친 태을진천뢰가 장헌상의 왼쪽을 제압했다. 미간을 찌푸린 장헌상이 훌쩍 뛰어올라 태을진천뢰를 해소했다.

우건에게는 다시없을 기회였다.

쿠르릉!

태을진천뢰를 재차 펼치며 검으로 생역광음을 찔러 넣었다.

분심공이 없다면 절대 할 수 없는 쌍수합격이었다.

장헌상은 검을 찔러 생역광음에 맞서왔다.

그러나 이번에는 우건이 찌른 생역광음이 허초였다.

장헌상의 검이 허공을 치는 사이, 우건은 오도선무를 전개했다. 검광이 부챗살처럼 퍼지며 장헌상의 오른쪽 요혈을 찔렀다.

장헌상은 검과 검집을 교차하듯 휘둘러 막아왔다.

탕탕탕탕탕!

쇳소리가 울릴 때마다 장헌상의 몸이 들썩였다. 우건이 전력을 다해 펼치는 천지검은 장헌상 역시 막기가 쉽지 않았다.

더 깊숙이 뛰어든 우건이 왼손 손가락을 오므렸다. 손가락 끝에 황금색 광채가 번뜩였다. 장헌상은 급히 상체를 막았다.

그러나 오판이었다. 황금색 광채는 장헌상의 허벅지를 스치듯 갈랐다. 장헌상이 금선지에 당한 충격으로 비틀거릴 때였다. 우건은 재차 몸을 날리며 왼손 손가락을 오므렸다.

이번에는 손가락 끝에 불꽃이 일렁였다.

불문 최강 지법으로 꼽히는 전광석화였다.

화르륵!

허공을 일직선으로 가른 불꽃이 장헌상 가슴 앞에서 폭발했다.

"어림없다!"

장헌상은 전에 하던 대로 검과 검집을 교차해 막았다.

그러나 이는 장헌상의 실수였다. 전광석화를 피하는 법은 막는 게 아니었다. 최대한 빨리 벗어나는 것이었다. 전광석화와 닿는 순간, 불이 검 주위를 회전하던 마기에 옮겨 붙었다.

불문 최강 지법이 만들어낸 불꽃은 사악한 방법을 동원해 연성한 마기를 양분삼아 더 거센 불길을 뿜어내기 시작했다.

화르륵!

갑자기 커진 불길이 금세 장헌상의 몸을 휘감았다.

"으아악!"

장헌상의 입에서 처음으로 비명이 터져 나왔다.

우건은 한상검과 함께 한 줄기 광채로 화해 장헌상을 짓쳐갔다.

천지검 최후초식 천지합일(天地合一)이었다.

푸욱!

검이 장헌상의 가슴을 관통했다.

우건이 죽어가는 장헌상에게 급히 물었다.

"이 소저는 어디 있소?"

"흐흐, 날 죽일 순 있겠지만 네놈도 그년을 구하진 못할 거다."

저주를 남긴 장헌상은 불에 타올라 한 줌의 재로 흩어졌다.

## 7장. 셰에라자드

우건은 허벅지 상처를 지혈하며 대청 안을 빠르게 살폈다. 대리석 의자 너머에 철문이 하나 있었다. 출입구인 듯했다.

지혈을 마친 우건은 운기행공을 통해 몸 상태를 점검했다. 약간 어지러운 상태였다. 출혈이 심한 탓이었다. 어깨와 왼팔에 입은 부상 역시 가볍지 않았다. 그러나 우건은 부상을 치료할 여유가 없었다. 아직 은수를 찾아내지 못했다. 그리고 이 대청 안에서 해결해야 할 문제가 하나 더 있었다.

"이제 나오는 게 어떻소?"

우건의 나직한 읊조림이 끝나기 무섭게 검은 복면을 착용한 사내 10여 명이 악귀형상을 한 석상 뒤에서 걸어 나왔다.

특무대였다.

특무대 1팀 팀장 최무환과 그의 부하들은 우건과 장헌상이 한창 대결 중일 때 도착했지만 일부러 모습을 드러내지 않았다.

최무환은 우건이 경매 중에 갑자기 뛰어들어 작전을 망친 장본인임을 알고 있었다. 또, 풀려난 여자와 아이들의 입을 통해 우건이 그들을 구해주었다는 사실 역시 알고 있었다. 특무대가 해야 할 일을 우건 혼자 모두 해치운 셈이었다.

그러나 최무환은 외부인이 누구든, 그가 펼치는 작전에 다른 사람이 간섭하는 상황을 끔찍이 싫어했다. 아니, 자기 통제를 벗어난 상황 자체를 싫어한다는 표현이 더 맞아보였다.

그가 이번에 노린 목표는 장헌상이지만 우건 역시 자기 작전을 방해한 적이나 다름없었다. 최무환은 석상 뒤에 숨어 우건과 장헌상 둘 중 한 명이 빨리 쓰러지길 기다렸다. 물론, 그가 바란 가장 좋은 시나리오는 두 사람의 양패구상이었다.

그러나 바람과는 달리 장헌상은 죽고 우건은 살아남았다.

이젠 살아남은 우건을 체포해 그의 정체와 배후를 캐낼 차례였다.

최무환의 손짓에 부하들이 우건 주위를 포위했다.

상대는 특무대가 평소에 경계하는 고수 중 하나인 장헌상을 혼자 쓰러트린 고수였다. 경계에 빈틈이 있을 리 없었다.

최무환은 신중한 성격으로 보였다. 그는 포위망을 완벽히 갖춘 후에야 한 발자국 앞으로 나와 우건을 응시했다. 그의 손에는 1미터 50센티미터가 넘는 장검(長劍)이 들려있었다. 우건은 저런 긴 장검을 쓰는 고수를 본 적 있었다. 그러나 워낙 창졸간의 일이라 그게 누군지는 기억이 나지 않았다.

최무환이 피가 묻어 있는 장검으로 우건의 가슴을 겨누었다.

"얌전히 체포당하는 게 서로에게 이득일 거요."

우건은 담담한 눈빛으로 물었다.

"나를 체포하려는 이유가 무엇이오?"

"살인, 특수폭행, 재물손괴, 무단침입, 공무집행방해, 불법무기소지 등이오. 아마 죄목이 늘면 늘었지 줄지는 않을 거요."

우건은 쓴웃음을 지었다.

"체포영장은 가져왔소?"

"긴급체포에는 영장이 필요 없소."

"내가 거부한다면?"

최무환이 장검을 슬쩍 흔들어보였다.

"당신은 현재 몸이 성치 않은 상태요. 그런 몸으로는 여기 있는 나와 내 부하들 열한 명을 다 제압하기가 어려울 거요."

우건은 바닥을 가리키던 검을 들어 인답장도 자세를 취했다.

"제압할 수는 없지만 도망칠 수는 있지."

대꾸한 우건은 비응보를 펼쳐 천장으로 날아올랐다.

최무환은 기다렸다는 듯 따라 올라오며 장검을 휘둘렀다. 새파란 광채 한 가닥이 레이저처럼 우건의 등을 찔러갔다.

우건은 돌아서며 천지검의 절초 대해인강을 펼쳤다.

콰아앙!

대해인강이 발출한 묵직한 경력이 새파란 광채를 찍어눌렀다.

최무환은 대해인강에 떠밀려 떨어지기 직전, 오른발로 왼 발등을 찍어 다시 도약하기 시작했다. 놀라운 경신법이었다.

다른 팀원들 역시 우건을 향해 날아오르며 수중의 무기를 휘둘렀다. 검과 도, 그리고 각종 암기가 폭포를 거슬러

오르는 연어처럼 천장에 거의 다다른 우건을 추적하기 시작했다.

그 순간, 비룡번신(飛龍翻身)으로 몸을 뒤집은 우건이 두 발로 천장을 걷어차 아래로 곤두박질쳤다. 마치 수영선수가 턴을 위해 몸을 뒤집으며 패드를 차는 것 같은 동작이었다.

"쫓아라!"

지시한 최무환 역시 비룡번신 수법으로 몸을 뒤집어 지상에 거의 내려선 우건을 추적했다. 그때, 우건이 선도선무를 펼쳐 밑으로 떨어지는 최무환을 향해 맹렬한 공격을 가했다.

최무환은 떨어져 내리는 기세를 살려 검을 아래로 찔러 갔다. 새파란 광채 수십 줄기가 폭죽이 터지듯 쏟아져 나와 우건에게 떨어졌다. 곧 한상검이 발출한 하얀색 검광과 최무환이 쏟아낸 새파란 광채 수십 줄기가 허공에서 격돌했다.

콰콰콰쾅!

충격이 만든 여파가 진동하듯 대청을 흔들며 지나갔다.

중인의 눈을 멀게 만들었던 빛이 갑자기 사라진 후, 바닥에 내려선 최무환은 날카로운 눈으로 대청 안을 샅샅이 훑었다.

그러나 우건의 모습은 보이지 않았다.

방금 전 우건의 공격은 최무환을 공격하기 위한 공격이 아니었다. 최무환의 힘을 역이용해 도망치기 위한 공격이 었다.

"빌어먹을!"

발을 한차례 구른 최무환이 팀원에게 지시했다.

"어딘가에 출입구가 있을 거다! 빨리 찾아봐라!"

그때, 의자 뒤를 조사하던 팀원이 외쳤다.

"여깁니다! 여기 있는 철문에 구멍이 뚫려 있습니다!"

최무환은 즉시 의자 뒤에 있는 철문으로 몸을 날렸다. 팀원 말대로 철문 가운데에 곰이 찢은 것 같은 흔적이 나 있었다.

최무환이 급히 철문 안으로 들어가려는 순간.

콰콰쾅!

굉음과 함께 철문 위에 있는 천장이 무너져 내렸다.

"피해라!"

최무환은 급히 팀원들을 뒤로 물리며 다음 상황에 대비했다.

그러나 돌가루가 섞인 먼지만 풀풀 날릴 뿐, 위험한 상황은 일어나지 않았다. 최무환은 무너진 천장에 막힌 철문을 보며 신경질적으로 검을 휘둘렀다. 새파란 광채가 빨랫줄처럼 날아가 꽂혔지만 큰 돌이 작은 돌로 줄어들 따름이었다.

"반은 통로를 뚫고 나머지 반은 다른 출구를 찾아봐라!"

"예!"

대답한 팀원들이 양쪽으로 흩어졌다.

최무환은 그 모습을 보며 장검을 검집에 집어넣었다.

"운이 좋은 놈이군. 그러나 계속 운이 좋을 수는 없을 거다."

✣ ❖ ✣

파금장으로 천장을 무너트려 추격을 막은 우건은 출구를 찾아 움직였다. 오래지 않아 출구로 보이는 계단이 나왔다.

계단 위에서 소금기가 섞인 바닷바람이 불어왔다.

계단으로 걸음을 옮기던 우건은 흠칫해 고개를 돌렸다.

계단 옆에 비품창고라 적힌 창고가 하나 있었다.

한데 그 창고 안에서 인기척이 들려왔다. 특무대가 근처에 있는 상황이었다. 그리고 홍귀방도 몇을 더 처리한다고 해서 은수의 행방을 알 수 있는 것 역시 아니었다. 한데 이대로 돌아가면 왠지 후회할 것 같다는 느낌이 강하게 들었다.

우건은 나중에 후회할 바에야 차라리 저지르고 보는 게 낫다는 신조를 갖고 있었다. 그렇게 하면 그 행동의 결과가 어떤 식으로 나오든, 나중에 후회는 남기지 않을 수 있었다.

우건은 지체 없이 한상검을 휘둘렀다.

창고 문이 두 쪽으로 잘리며 안의 모습이 드러났다.

창고 안 선반 앞에 선 두 명의 사내가 겁에 잔뜩 질린 얼굴로 우건을 바라보고 있었다. 머리를 짧게 자른 덩치 큰 청년과 수염을 지저분하게 기른 중년 사내였다. 그런 두 사내 옆에는 묵직해 보이는 마대자루가 하나씩 사이좋게 놓여 있었다. 어딜 보나 물건을 훔치다가 걸린 도둑의 모습이었다.

우건은 미간을 찌푸렸다.

두 사내를 어디서 본 듯한데 기억이 잘 나지 않았다.

그러나 태을문에서 다섯 손가락 안에 드는 오성을 지닌 우건이었다. 오래지 않아 두 사내를 어디서 봤는지 기억해냈다.

'강도질하던 자들이군.'

우건은 몇 달 전, 설악산에 위치한 태을문 본산을 몰래 찾아가 밀린 병원비로 사용할 금괴를 몇 개 가져온 적 있었다.

당연히 금괴를 병원비로 낼 수 없기 때문에 이를 현금으로 먼저 바꿔야 했는데 그때 소개받은 곳이 바로 이 두 사내가 운영하던 불법거래소였다. 처음 거래는 정상적으로 이루어지는 듯했다.

그러나 거래가 끝나 돌아가려는 순간, 바로 본심을 드러냈다. 무공을 익힌 사내가 동네 불량배를 동원해 우건이 가진 금과 돈을 한꺼번에 빼앗으려 했던 것이다. 우건을 평범한 양민으로 착각해 빚어진 촌극이었다.

그때, 우건에게 제압당한 사내가 자결 전에 이렇게 물었었다.

– 회(會)에서 나오셨소? –

당시에는 그 뜻이 뭔지 몰랐다.

그리고 여전히 그 뜻을 알지 못했다.

그러나 이 두 사내는 그게 무슨 뜻인지 알 듯했다.

두 사내는 인피면구를 착용한 우건을 알아보지 못하는 듯했다.

우건은 귀를 기울여 보았다.

특무대가 무너진 천장에 막힌 통로를 다 뚫은 듯 멀지 않은 곳에서 이쪽으로 달려오는 인기척을 몇 개 포착할 수 있었다.

우건은 한상검을 연속 두 번 찔러갔다.

움찔한 사내들이 몸을 피하려했을 때는 이미 혈도가 제압당한 후였다. 검기(劍氣)로 혈도를 점혈하는 검기불혈진맥(劍氣拂穴震脈)이었는데 절정 검객이 아니면 꿈도 꾸지 못하는 고절한 수법이었다. 그러나 무공이 떨어지는 사내들은 자신이 당한 수법이 얼마나 고절한지 전혀 깨닫지 못했다.

돼지 목에 걸린 진주인 셈이었다.

"사혈(死穴)을 금제했소. 내 사문에 내려오는 독문점혈 수법으로 점혈했기 때문에 내가 아니면 풀지 못하는 수법이오. 지금은 괜찮을지 모르지만 시간이 흐를수록 검기가 심맥에 침투해 태어나서 처음 느껴보는 고통을 안겨줄 것이오."

두 사내가 시커멓게 죽은 얼굴로 우건을 쳐다볼 때였다.

우건이 말을 덧붙였다.

"살고 싶거든 나를 따라오시오."

그 말을 남긴 우건은 먼저 계단으로 올라갔다. 두 사내는 살기 위해 마대자루를 등에 짊어진 채 우건의 뒤를 쫓아왔다.

계단 끝에는 부두와 이어진 통로가 있었다. 우건은 두 사내와 함께 통로를 나와 김은의 차가 있는 부두 외곽으로 향했다.

"차에 타시오."

우건의 지시에 두 사내는 군말 없이 차 뒷좌석에 올라탔다.

김은이 멀뚱거리며 쳐다볼 때였다. 맨 뒷좌석에 오른 우건이 출발하라 명했다. 김은은 일단 시키는 대로 시동을 걸었다.

우건이 차가 출발하는 모습을 보며 두 사내에게 물었다.

"이름이 뭐요?"

우건의 눈치를 살피던 청년이 물어보기 무섭게 바로 대답했다.

"이, 임재민(任在民)입니다."

뒤이어 중년 사내가 기다렸다는 듯 자기 이름을 말했다.

"홍대곤(洪大崑)입니다."

"둘 다 내 얼굴을 보시오."

우건은 착용한 인피면구를 떼어 냈다.

두 사내는 시키는 대로 고개를 돌려 우건의 얼굴을 보았다. 우건의 진짜 얼굴을 본 두 사내가 헛바람을 집어삼켰다.

"커억."

임재민은 사래가 들려 밭은기침을 토하느라 정신이 없었다.

그러나 나이가 많은 홍대곤은 좀 더 침착했다.

"당, 당신은 그때 금, 금괴?"

"내 얼굴을 기억하오?"

"기, 기억합니다."

"나를 죽이려 한 당신들을 내가 어찌 처리할 거 같소?"

침을 꿀꺽 삼킨 홍대곤이 고개를 가로저었다.

"모, 모르겠습니다."

"당신은 지금부터 내가 물어보는 질문에 정답을 알고 있어야 할 거요. 알지 못한다는 말은 곧 필요 없다는 말과 같고 나는 짐짝을 둘이나 데리고 다닐 만큼 한가한 사람이 아니오."

기침을 멈춘 임재민이 자라처럼 목을 잔뜩 움츠렸다.

그 모습을 힐끔 본 홍대곤이 바짝 마른 입술에 침을 발랐다.

"알, 알겠습니다."

"오늘 저녁에 장헌상이 서울에 간 적 있을 거요."

"마, 맞습니다. 제, 제가 대방주, 아니 장헌상을 수행했습니다."

"운이 좋군."

홍대곤이 기대에 찬 눈빛으로 우건을 보았다.

"그, 그렇습니까?"

"장헌상이 데려온 젊은 여자는 지금 어디 있소?"

홍대곤의 눈에 안도하는 듯한 감정이 빠르게 지나갔다.

우건은 다시 물었다.

"그녀는 지금 어디 있소?"

우건의 눈치를 살피던 홍대곤이 슬쩍 물었다.

"위치를 알려드리면 정말 금제한 혈도를 풀어주시는 겁니까?"

"나는 거짓말을 하지 않소."

심호흡한 홍대곤이 대답했다.

"지금 인천 앞바다에 있을 겁니다."

"바다에?"

"더 정확히 말하면 셰에라자드라는 요트에 있을 겁니다."

"누구 요트요?"

"박필도(朴弼導)라는 사람입니다."

"그는 뭐하는 사람이오?"

"국회의원입니다. 지금 여당인 한정당(韓正黨) 4선 의원으로 국회 기획재정위원회 위원장이란 말을 들은 적이 있습니다."

국회의원이라는 말에 운전하며 귀를 기울이던 김은이 룸미러로 뒤를 힐끔 돌아보았다. 상대가 만만치 않다는 뜻이었다.

우건 역시 국회의원이 무슨 일을 하는 사람인지 알았다.

그러나 우건에게는 신분이 별로 중요하지 않았다. 지금 중요한 것은 박필도라는 자가 은수를 데리고 있다는 사실이었다.

"그 요트는 찾을 방법이 있소?"

홍대곤이 옆에 있는 임재민을 가리켰다.

"얘가 알 겁니다."

우건이 임재민을 쳐다보았다.

"이자의 말이 맞소?"

시선을 피한 임재민이 잦아들어가는 목소리로 대답했다.

"압, 압니다. 제, 제가 가끔 그 요트에 배달을 가곤 했습니다."

"배달?"

"박필도가 부른 여, 여자들을 배에 데려다 준 적 있습니다……."

"그 배가 머무르는 곳이 일정하오?"

"예, 거의 한곳에 머무르는 편입니다."

우건은 바로 운전하던 김은을 보았다.

눈치가 빠른 김은은 배가 정박해 있는 곳으로 차를 운전했다.

작은 부두에 도착한 우건이 두 사람에게 물었다.

"배를 운전할 줄 아오?"

임재민이 얼른 대답했다.

"제, 제가 압니다."

"지금 그 배를 찾아갈 수 있소?"

"할, 할 수 있습니다."

"좋소. 나를 그 배에 데려다주면 금제한 혈도를 풀어주겠소."

그 말에 홍대곤과 임재민이 먼저 나서서 훔칠 배를 물색했다.

임재민이 신형으로 보이는 고깃배를 가리켰다.

"저 배가 좋습니다. 레이더도 있고 마력도 셉니다."

"그럼 저 배로 하시오."

"알겠습니다."

배에 오른 임재민이 선장실 문을 따고 들어가 뭔가를 조작했다. 홍대곤은 그럼 임재민의 행동을 초조한 시선으로 지켜보았다. 시동을 건 듯 임재민이 나와 타라고 손짓했다.

우건 일행은 고깃배에 올라 어둠에 잠긴 바다로 향했다.

임재민은 배를 몰아본 경험이 많은 듯 능숙한 솜씨로 물살을 갈랐다. 김은은 초조한 듯 주위를 두리번거렸다. 그러나 사방 어디를 봐도 불빛 하나 없는 망망대해일 따름이었다.

"휴우."

김은이 한숨을 나직이 내쉴 무렵.

우건은 홍대곤을 선미로 불러 물었다.

"당신이 내 뒤통수를 치려했을 때, 스스로 목숨을 끊은 자가 회(會)를 언급한 적 있소. 그 회가 무엇을 의미하는 거요?"

홍대곤이 당황한 표정으로 대답했다.

"오, 오해입니다. 뒤통수를 치는 계획은 우리의 의사가 아니었습니다. 독을 먹고 자결한 놈이 제멋대로 꾸민 짓입니다."

"그가 말한 회가 무슨 의미인지나 말하시오."

침을 꿀꺽 삼킨 홍대곤이 습관적으로 주위를 둘러보았다. 그러나 망망대해에 그들 말고 다른 사람이 있을 턱이 없었다.

홍대곤이 목소리를 낮춰 물었다.

"호, 혹시 제천회(諸天會)란 단체를 아십니까?"

우건은 전혀 예상하지 못한 대답에 잠시 멍해졌다.

"그 회가 제천회란 말이오?"

"그렇습니다."

"당신이 아는 제천회에 대해 자세히 말해보시오."

"제천회는 40여 년 전에 처음 생긴 단체라 들었습니다."

"40여 년 전?"

홍대곤이 조심스런 목소리로 물었다.

"그, 그게 이상합니까?"

"아니오. 계속하시오."

홍대곤이 우건의 눈치를 살피며 설명을 이어갔다.

"제천회는 그동안 세력을 무섭게 넓혀 지금은 정, 재계에 발이 뻗지 않은 데가 없다는 소문을 들었습니다. 저희 홍귀방 역시 제천회에 줄을 대기 위해 요즘 한창 작업 중이었지요."

"무슨 작업을 했다는 거요?"

"이번에 대방주, 아니 장헌상을 시중들 때 들은 이야기인데 그 은수란 여배우를 박필도에게 넘겨준 일 역시 제천회에 줄을 대기 위해서란 말을 들었습니다. 박필도가 여배우에게 껌뻑 넘어가 장헌상에게 작업 좀 해 달라 부탁했답니다."

"박필도가 제천회 사람이오?"

홍대곤이 고개를 가로저었다.

"거기까지는 모르겠습니다."

홍대곤이 모른다면 박필도에게 직접 듣는 수밖에 없을 듯했다.

우건은 홍대곤이 신주단지처럼 모시는 마대자루를 보며 물었다.

"여기엔 뭐가 들었소?"

"현금 조금과 금붙이 몇 개가 다입니다. 정말입니다."

"장헌상의 거처에서 훔친 거요?"

홍대곤이 기어들어가는 목소리로 대답했다.

"그렇습니다……."

우건은 검을 휘둘러 마대자루를 갈랐다.

현금다발과 금괴가 선창에 쏟아졌다. 그러나 홍대곤의 대답과 다른 점이 있었다. 현금과 금괴 외에 검은색 비급이 몇 권 같이 나왔다. 거짓말을 들킨 홍대곤은 감히 우건과 시선을 마주칠 생각을 못했다. 우건은 비급을 주워 펼쳤다.

명왕강림검과 마공심법을 적어놓은 비급이었다.

우건이 비급을 삼매진화로 태우며 물었다.

"이걸 훔쳐서 몰래 익히려고 했던 거요?"

홍대곤이 재로 변한 비급을 안타까운 눈으로 보며 대답했다.

"꼬, 꼭 익히려고 한 건 아닙니다. 그냥 호기심 차원에서……."

"안타까워하지 마시오. 사부의 지도 없이 이런 마공을 익히다가는 마기가 골수에 스며들어 주화입마에 빠졌을 테니까."

홍대곤이 놀란 표정으로 물었다.

"그, 그게 정말입니까?"

"나는 이런 일로는 거짓말하지 않소."

우건은 홍대곤에게 임재민이 가진 마대자루도 가져오게 했다.

어깨가 축 처진 홍대곤이 선장실에 들어가 두 번째 마대자루를 가져왔다. 우건은 마대자루를 거꾸로 잡아 안에 든 물건을 쏟았다. 그림 몇 점과 보석이 박힌 장식품이 나왔다.

우건은 검으로 그림과 말을 조각한 장식품을 옆으로 치웠다. 손때가 잔뜩 묻은 노란색 비급 세 권이 모습을 드러냈다.

우건은 격공섭물로 비급을 끌어당겨 내용을 확인했다.

수준이 꽤 높아 보이는 권법과 장법, 심법을 기록한 비급이 었다.

우건은 비급을 홍대곤에게 건넸다.

"이건 가지시오."

"저, 정말 가져도 되는 겁니까?"

"마공과 상관없는 비급이니까 익혀도 문제없을 거요."

"감사합니다."

비급을 챙긴 홍대곤이 기뻐하며 넙죽 절했다.

그때, 선장실에 있던 김은이 달려와 보고했다.

"요트가 보입니다."

우건은 김은과 선장실로 돌아갔다.

혼자 남은 홍대곤은 우건이 사라지기 무섭게 바닥에 흩어진 금괴와 현금, 장식품을 마대자루에 담아 그물 밑에 숨겼다.

한편, 우건은 김은이 지목한 방향으로 선령안을 전개했다. 과연 김은 말대로 유령선처럼 부유하는 중형 요트가 보였다.

우건은 임재민에게 바로 지시를 내렸다.

"이제 시동을 끄시오."

임재민은 시키는 대로 시동을 껐다.

덜덜거리던 고깃배가 점차 안정을 찾아갔다.

우건이 이번에는 김은에게 지시했다.

"자네들은 여기에서 기다리게."

"알겠습니다."

우건은 고깃배 갑판에 있는 나무판자를 집어 바다에 던졌다.

부웅!

쏜살같이 날아간 나무판자가 파도 위를 스치듯 비행했다. 곧장 비응보를 펼쳐 날아오른 우건은 공중에서 재차 섬전보를 전개해 비행 중인 나무판자 위에 미끄러지듯 착지했다.

믿어지지 않는 놀라운 광경에 김은은 물론이거니와 배를 몰던 임재민, 그리고 뒤늦게 합류한 홍대곤이 벌어진 입을 다물지 못했다. 부평초를 밟아 강을 건넌다는 등평도수(登萍渡水)를 자기 눈으로 직접 볼 줄은 몰랐던 모양이었다.

우건은 요트와의 거리가 5미터 내로 줄어드는 순간, 나무판자를 도약대 삼아 뛰어올랐다. 5미터에 달하는 거리가 눈 깜짝할 사이에 줄어들어 어느새 요트 갑판이 발밑에 있었다.

우건은 천근추를 펼쳐 곧장 갑판으로 내려갔다. 마치 갑판 위에 있는 누군가가 올가미를 던져 끌어내린 듯한 모습이었다.

우건은 갑판에 닿기 직전, 천근추를 재빨리 풀어 착지했다. 원래대로라면 큰 소리가 나야 맞았다. 그러나 내력의 수발(收發)이 경지에 오른 덕분에 먼지 한 톨 크게 일지 않았다.

갑판에 내려선 우건은 기파를 퍼트렸다.

선실로 보이는 장소에서 두 사람의 기척이 느껴졌다.

우건은 주저 없이 선실로 몸을 날렸다.

❖ ❈ ❖

박필도는 욕실거울 앞에 서서 흘러내린 머리카락을 정리했다.

이미 가운데는 머리가 다 빠져 양옆에만 남아 있었지만 개의치 않는 듯 빗으로 귀를 덮은 머리카락을 열심히 뒤로 넘겼다. 다 넘긴 후에는 코털가위로 삐져나온 코털을 정리했다.

"킁킁."

코 안에 들어간 코털을 콧바람으로 뿜어낸 박필도는 콧노래를 부르며 벌거벗은 몸에 로션을 덕지덕지 발랐다. 튀어나온 뱃살과 축 늘어진 가슴살에 열심히 로션을 바른 박필도는 한껏 성이 난 자기 물건을 흡족한 눈빛으로 쳐다보다가 거울 앞에서 포즈를 잡았다. 대부분 역겨운 포즈였지만 잔뜩 흥분한 박필도는 3, 4분 내내 그 짓을 멈추지 않았다.

"역시 비아그라는 신이 인류에게 준 선물임이 분명해."

흡족한 얼굴로 중얼거린 박필도가 침실로 통하는 문을 열었다.

침실은 아주 좁았다. 킹사이즈 침대가 공간을 다 차지해 움직일 틈이 없었다. 박필도는 뚱뚱한 몸을 침대 위로 날렸다.

100킬로그램이 훌쩍 넘어가는 박필도에게 갑자기 기습당한 침대가 살려 달라 비명을 질렀다. 침대 스프링이 삐걱대는 소리가 신경을 자극했다. 아이들이 트램펄린 위에서 이리저리 구르며 노는 것처럼 침대 위를 굴러다니던 박필도가 침대 가장자리로 굴러가서는 갑자기 몸을 일으켜 세웠다.

그 앞에는 입에 재갈이 물린, 그리고 팔과 다리가 밧줄에 묶인 여인 하나가 두려움과 경멸이 담긴 시선으로 박필도를 올려다보는 중이었다. 그녀의 시선이 한껏 성이 난 박필도의 물건에 닿기 무섭게 끔찍한 광경을 본 사람처럼 옆으로 홱 돌아갔다. 히죽 웃은 박필도가 여인의 턱을 잡아 돌렸다.

여인은 급히 눈을 감았다.

"하아, 하아."

박필도가 쏟아내는 역겨운 숨결이 그녀의 얼굴 위로 쏟아졌다.

여인은 바로 장헌상에게 납치당한 은수였다.

박필도가 은수의 얼굴 위에 역한 숨을 토해내며 말했다.

"네년을 얻기 위해 장헌상 그 징그러운 놈에게 아부를 얼마나 떨었는지 넌 짐작조차 못할 거다. 어쨌든 그 아부 덕분에 널 얻었으니까 따지고 보면 헛수고는 아닌 셈이군. 겁먹을 필요 없다. 곧 홍콩으로 보내줄 테니까. 처음엔 재미없겠지만 한 번 맛을 보면 다시 안아달라고 네가 먼저 보챌걸?"

욕정이 가득한 눈으로 은수의 얼굴을 뚫어져라 보던 박필도가 그녀를 침대에 내던졌다. 은수의 가녀린 몸이 침대에 힘없이 나동그라졌다. 박필도는 중요한 행사를 앞둔 사람처럼 정성스런 손길로 은수의 사지를 침대 가장자리에 묶었다.

"오늘 일을 두고두고 즐기려면 이게 필수지."

은수를 침대에 묶은 박필도는 침대 천장에 달린 덮개를 벗겨 냈다. 처음 봤을 때는 선풍기인 줄 알았는데 지금 보니 아니었다. 덮개를 씌워놓은 물건의 정체는 바로 카메라였다.

카메라를 작동시킨 박필도가 침대에 철퍼덕 주저앉아 은수의 상의 속으로 털이 난 손을 쑥 집어넣었다. 몸을 부르르 떤 은수의 눈에서 흘러내린 눈물이 시트와 베갯잇을 적셨다.

"헤헤, 역시 어려서 그런지 살이 아주 보들보들하구나."

박필도의 손이 은수의 바지 쪽으로 내려갈 때였다.

콰앙!

시커먼 옷을 입은 사내가 침실 문을 박살내며 들어왔다.

그는 바로 우건이었다.

단숨에 상황을 파악한 우건은 무영무음지를 날렸다.

엉거주춤한 자세로 일어서려던 박필도가 그대로 고꾸라졌다.

우건은 침대 위에 올라가 몸이 굳은 박필도를 걷어찼다.

"크어억!"

비명을 지른 박필도가 붕 떠올라 침실 벽으로 날아갔다.

박필도를 치워낸 우건은 검으로 은수를 묶은 밧줄을 풀었다.

"괜찮소?"

소매로 눈물을 훔친 은수가 고개를 끄덕였다.

우건은 그런 은수에게 손을 내밀었다.

은수는 말려 올라간 옷자락을 추스르며 우건의 손을 잡았다.

은수를 안은 우건은 갑판으로 돌아와 올 때 사용한 나무판자를 찾았다. 다행히 조류에 휩쓸리지 않은 듯 요트 좌현에 붙어 있었다. 우건은 은수를 안은 자세로 뛰어올라 나무판자 위에 내려섰다. 두 사람의 무게를 견디지 못한 나무판자가 요동치려는 순간, 우건이 요트에 파금장을 날렸다.

펑!

파금장이 만든 반동 덕분에 두 사람을 태운 나무판자가 파도를 가르며 쏜살같이 나아갔다. 우건은 속도가 떨어질 때마다 장력을 발출해 추진력을 얻었다. 이윽고 고깃배가 눈앞에 나타났다. 우건은 비응보를 펼쳐 고깃배 갑판에 내려섰다.

김은과 홍대곤이 달려와 두 사람을 맞았다.

우건은 떨어지지 않으려는 은수를 잘 달래 김은에게 넘겼다.

"난 아직 할 일이 남았네. 자네가 잠시 이 소저를 보살펴주게."

김은이 몸을 떠는 은수에게 담요를 덮어주며 대답했다.

"걱정 마십시오. 주공께서 오실 때까지 제가 잘 보살피겠습니다."

은수를 김은에게 넘긴 우건이 돌아서려할 때였다.

놀란 은수가 우건의 소매를 급히 잡았다.

"같이 갈래요."

우건은 고개를 저었다.

"이번 일은 소저가 굳이 경험할 필요가 없는 일이오."

은수가 물기 가득한 눈으로 우건을 바라보며 물었다.

"정말 돌아오실 거죠?"

"그렇소."

"얼마나 걸릴까요?"

"오래 걸리지 않을 거요."

"꼭 돌아오셔야 해요."

고개를 끄덕인 우건은 방금 전과 같은 방식으로 몸을 날렸다.

요트로 돌아온 우건은 침실에 들어가 침을 흘리며 쓰러져 있는 박필도를 갑판으로 데려갔다. 갑판 위에는 항해에 사용하는 장비가 많았다. 그리고 대부분 무게가 무거운 장비였다.

박필도를 제압한 마혈을 푼 우건은 그를 무거운 장비를 달아 난간 위에 올렸다. 박필도가 쉴 새 없이 살려 달라 비명을 질러댔지만 우건은 묵묵히 자기 일에 열중할 뿐이었다.

우건은 박필도를 하얀 포말을 쏟아내는 거친 파도 위에 던졌다.

첨벙!

바다에 빠진 박필도가 그대로 쑥 가라앉았다.

우건은 10초쯤 기다렸다가 밧줄을 끌어당겼다.

정신없이 바닷물을 토해내는 박필도에게 우건이 물었다.

"제천회에 대해 얼마나 아시오?"

바닷물을 다 토해낸 박필도가 기진맥진한 얼굴로 대답했다.

"제, 제천회? 난, 난 모르는 얘기야. 금시초문이라고!"

우건은 지체 없이 박필도를 다시 바다에 던졌다.

첨벙!

박필도가 워낙 뚱뚱한 탓에 빠질 때마다 물이 요트 난간 바로 아래까지 튀었다. 우건은 20초쯤 기다렸다가 박필도를 끌어올렸다. 박필도가 늘어진 미역줄기처럼 널브러져 있었다.

"다시 묻겠소. 제천회에 대해 얼마나 아시오?"

박필도가 하얗게 질린 얼굴로 물었다.

"말, 말해주면 날 살려줄 건가?"

우건은 다시 박필도를 바다에 던졌다.

이번에는 30초 후에 꺼냈다.

그사이 정신을 잃은 듯 박필도의 머리가 제멋대로 돌아갔다.

우건은 뺨을 후려쳐 깨웠다.

정신이 든 박필도가 몸을 부들부들 떨었다.

"나, 나도 제천회를 잘 몰라. 진짜라고! 다만, 제천회 수뇌 중 한 명이 국회의원들을 포섭 중이라는 사실만 알 뿐이야."

"제천회가 왜 국회의원을 포섭하려는 거요?"

"자, 자기들이 따로 미는 후보가 있는 것 같았어."

"후보?"

"대선 후보 말이야."

"자세히 말해보시오."

이미 체온이 떨어진 박필도가 파랗게 질린 입으로 대답했다.

"내, 내년 겨울에 대통령 선거가 있는데 그 전에 각 당이 경선을 치러서 후보를 정할 거야. 그때, 자기들이 미는 사람을 후보로 만들기 위해 밑밥을 깐다는 말을 들은 기억이 있어."

"그 후보가 누구요?"

박필도가 고개를 저었다.

"몰, 몰라. 때, 때가 되면 알려준다고 했을 뿐이야."

"그럼 당신에게 접근해 거래를 제안한 놈은 있을 거 아니요?"

"그, 그 역시 제천회에 포섭당한 다른 의원이었어."

"그자의 이름은 뭐요?"

"우리 당 사무총장인 정광규(鄭廣赳)야."

우건은 미간을 찌푸렸다.

"제천회가 자기들이 미는 후보를 밀어달라고 했을 때, 당신은 조건을 내밀었겠지. 여자를 공급해달라는 조건을 말이야."

박필도가 우건의 눈치를 살폈다.

"이, 이번이 처음이었어. 정말이야! 믿어줘!"

"조건을 들은 제천회가 홍귀방을 소개해준 거요?"

"맞, 맞아. 그들이 장헌상을 소개해줬어. 하지만 하늘에 맹세코 이번이 처음이었어. 정말이야! 내 의원직을 걸고 맹세해!"

"그딴 맹세는 지옥에나 가서 하시오."

"살, 살려줘! 살려주면 제천회 놈들과 거래를 끊을게! 아니, 의원직을 사퇴하고 고향에 돌아가 조용히 살게! 부탁이야!"

우건은 박필도를 바다에 던져 버렸다. 전과 다른 점이라면 잡고 있는 밧줄까지 같이 던져 버렸다는 점이었다. 우건은 조금씩 올라오던 기포가 완전히 사라질 때까지 난간 위에서 지켜보다가 요트 침실로 돌아갔다. 천장에 붙은 카메라부터 박살낸 우건은 오른손 손바닥을 침실 바닥에 바짝 붙였다.

퍼어엉!

굉음과 함께 침실 바닥이 뻥 뚫리며 엔진룸이 드러났다. 엔진룸으로 뛰어내린 우건이 바닥에 다시 손바닥을 바짝 붙였다.

콰아앙!

금속이 찢어지는 소리와 함께 선체에 금이 쩍 갔다.

펑펑펑!

우건은 파금장을 몇 차례 더 발출해 선체에 구멍을 뚫었다.

촤아악!

바닷물이 안으로 쏟아져 들어오는 모습을 확인한 우건은 난간 밖으로 뛰어내려 다시 선체에 파금장을 펼쳤다.

콰아앙!

요트 좌현이 박살나며 바닷물이 안으로 흘러들어갔다. 우건은 우현 역시 같은 방법으로 박살낸 후에 고깃배로 돌아갔다.

"아저씨!"

초조한 표정으로 기다리던 은수가 달려와 덥석 안겼다.

우건은 양기를 끌어올린 손으로 비를 맞은 새끼 강아지처럼 몸을 떠는 은수의 등을 쓰다듬었다. 양기가 몸을 따뜻하게 해준 듯 떨림은 점차 줄어들었다. 우건은 안정을 찾아가는 은수를 보다가 고개를 돌려 가라앉는 요트를 응시했다.

요트는 검은 물속으로 서서히 침몰하는 중이었다.

우건은 은수와 선장실로 돌아갔다.

이제는 집으로 돌아갈 때였다.

## 8장. 해피 뉴 라이프

인천부두에 도착한 우건은 허락 없이 고깃배를 사용한 일을 사과하는 의미에서 현금 얼마를 선장실 안에 놓아두었다.

배에서 내린 우건은 김은을 불러 은수부터 먼저 차에 태우게 했다. 우건은 은수와 김은이 차에 오르는 모습을 확인한 후에야 어색하게 서 있던 송대곤과 임재민을 손짓해 불렀다.

송대곤과 임재민이 쭈뼛거리며 걸어왔다. 송대곤의 손에는 장헌상의 거처에서 훔친 물건을 담은 마대자루가 들려 있었다.

송대곤이 마대자루를 슬며시 감추며 물었다.

"부르셨습니까?"

"약속대로 금제한 혈도를 풀어주겠소."

잔뜩 굳어 있던 두 사람의 얼굴이 그제야 활짝 펴졌다.

우건은 한상검을 뽑으며 당부했다.

"처음에는 두 사람의 단전을 폐해 다시는 무공을 익히지 못하게 만들 생각이었소. 그러나 두 사람이 마공을 익히지 않은 데다가 살기 역시 다른 방도들처럼 짙지 않아 갱생할 기회를 주는 것이오. 앞으로는 죄를 지으며 살지 마시오."

송대곤과 임대민이 바닥에 넙죽 엎드렸다.

"감사합니다. 감사합니다. 앞으로는 정말 착하게 살겠습니다."

우건은 쓴웃음을 지었다.

그가 개과천선하겠다는 박필도의 맹세를 믿지 않았듯 이들이 하는 말 역시 믿지 않았다. 그러나 약속은 약속이었다.

우건은 한상검을 두 번 연속 찔러갔다.

쉭쉭!

새하얀 섬광 두 줄기가 허공을 뇌전처럼 가르는 순간, 송대곤과 임재민이 어기적거리며 일어나 자기 몸 상태를 살폈다. 금제가 풀린 듯 두 사람의 얼굴에 혈색이 돌기 시작했다.

"이만 가보시오."

말을 마친 우건이 차로 걸어갔다.

그때였다.

쭈뼛거리며 서 있던 송대곤과 임재민이 서로를 바라보며 시선을 교환했다. 그리곤 누가 먼저랄 거 없이 바닥에 엎드렸다.

"저희들을 부하로 받아주십시오!"

"부탁드립니다! 저희들을 바른 길로 인도해주십시오!"

몸을 돌린 우건이 고개를 저었다.

"비급에 적힌 무공을 익히고 싶어 그러나본데 나는 특별한 경우가 아니면 제자를 받지 않소. 떠날 수 있을 때 떠나시오."

두 사람은 동시에 고개를 저었다.

"아닙니다. 비급의 무공이 탐나기는 하지만 꼭 그 이유 때문만은 아닙니다. 저희들이 비록 길을 잘못 들어 나쁜 짓을 많이 저질렀지만, 개과천선, 사필귀정하려는 마음을 일찍부터 품어왔습니다. 제자까지는 바라지 않습니다. 시키는 일은 무엇이든 할 테니까 저희들을 부디 내쫓지만 말아주십시오."

우건은 선령안으로 두 사람의 행동을 살펴보았다. 거짓이 아닌 듯했다. 표정과 행동에 간절함이 묻어나왔다. 우건은 하늘을 보았다. 어둠이 내려앉은 하늘에 별빛이 반짝거렸다.

사부 천선자는 세상에 해악을 끼치는 악인을 제거해 백성이 편히 살 수 있게 해주는 일이 가장 중요하다는 말씀을 늘 하셨지만 한편으로는 개과천선하려는 악인을 바른 길로 인도해주는 일 역시 그 못지않게 중요하다는 말씀을 하셨다.

"내 문하는 아니지만 쾌수 원공후란 고수가 문주로 있는 쾌영문에 두 사람을 소개해 줄 수는 있소. 물론, 당신들을 받아들이고 받아들이지 않고는 모두 쾌영문주의 의사에 달려 있소."

송대곤이 실망과 기대가 반쯤 섞인 표정으로 물었다.

"그 원공후라는 분은 어떤 분이십니까?"

"당신처럼 개과천선하려는 사람이오. 물론, 실력은 내가 보증하오. 홍귀방도였으니까 이방주 조남옥을 잘 알 거요. 쾌영문주는 그 조남옥을 혼자 쓰러트릴 만큼 실력이 출중하오."

우건의 대답을 들은 두 사람은 크게 기뻐했다.

그들은 당연히 이방주 조남옥을 잘 알았다. 대방주와 이방주의 사업영역이 달라 그다지 왕래가 많지는 않았지만, 한 달에 한 번은 인천에 모여 방의 일을 상의하고는 하였다.

그때 본 조남옥은 그들이 감히 넘볼 수 없는 경지에 오른 무인이었다. 한데 원공후가 그런 조남옥을 혼자 쓰러트렸다니 대단한 사람이란 생각이 들었다. 두 사람에게는 앞에 있는 우건의 문하에 들어가는 결과가 가장 좋을 테지만 그게 현실적으로 힘들다면 쾌영문에 입문해 조남옥을 죽였다는 원공후를 사부로 모시는 게 가장 좋아 보이는 상황이었다.

시선을 교환한 두 사람이 동시에 대답했다.

"그 말씀대로 하겠습니다."

우건은 홍대곤과 임재민을 차에 태워 쾌영문으로 돌아갔다.

조수석에 오른 우건은 룸미러를 보았다.

다행히 은수는 안정을 거의 찾은 모습이었다.

아버지를 잃은 충격이 다 가시기도 전에 악인에게 납치당해 말 못할 고초를 겪은 사람이라곤 믿기지 않는 정신력이었다.

은수가 상체를 운전석으로 숙이며 물었다.

"그분은 괜찮으신가요? 저를 지키다가 다친 분요."

김은이 시선을 돌리며 물었다.

"막내 놈 말입니까?"

"말씀 편하게 하세요. 제 나이가 훨씬 적잖아요."

김은이 핸들을 잡지 않은 한 팔로 손사래를 치며 대꾸했다.

"아가씨는 사부님 손님인데 제가 어찌 말을 편하게 하겠습니까."

"만일 사부님이 뭐라 하시면 제가 그렇게 하랬다고 대답하세요."

김은은 마지못해 고개를 끄덕였다.

"그럼 지금부터는 말을 편하게 할게. 막내는 걱정할 필요 없어. 주공께서 치료해준 덕에 지금은 아마 다 나았을 거야."

은수가 가슴을 쓸어내리며 재차 물었다.

"그게 정말인가요?"

"그럼, 정말이지."

김철이 괜찮다는 말에 안도한 은수는 등받이에 머리를 기대며 눈을 감았다. 한참 후에 다시 눈을 떴을 때는 처음부터 그 자리에 있었다는 듯 우건의 넓은 등이 시야에 들어왔다.

그녀는 지금 다른 세계에 와 있는 기분이었다.

그녀가 이번에 만난 사람들은 모두 무림이란 세계에 속해 있는 무인이었다. 우건, 원공후, 김 씨 삼형제, 심지어는 전혀 관계없을 것처럼 보이는 수연 또한 우건에게 무공을 배우는 중이었다. 그들이 맺고 있는 관계 역시 정상적이지 않았다.

우건과 수연은 서로를 사형과 사매라 불렀다. 그리고 김 씨 삼형제는 원공후를 사부로 모셨다. 그중 가장 이상한 관계는 우건과 원공후의 관계였다. 원공후는 자신보다 나이가 한참 어린 우건을 주공이라 부르며 공경하는 모습을 보였다.

은수는 이런 세계가 있을 줄 전에는 전혀 생각하지 못했다.

그녀가 상념에 빠져 있을 동안, 차는 어느새 쾌영문에 도착했다.

김은의 연락을 받은 원공후와 김동, 김철 세 명이 쾌영문 주차장에 나와 그들이 도착하길 기다리는 중이었다. 원공후는 혈색이 좋아 보이지 않았지만 거동에는 문제가 없는 듯했다. 장헌상의 마기에 당해 사경을 헤매던 김철 역시 우건의 치료를 받아 나아진 듯 제 발로 서 있는 모습이었다.

차에서 내린 은수가 원공후의 품에 뛰어들었다.

"아저씨, 죄송해요. 저 때문에 고생 많이 하셨죠?"

원공후가 긴 팔로 은수를 안으며 미소 지었다.

"이 아저씨는 그저 네가 무사히 돌아온 게 기쁠 따름이구나."

우건을 본 원공후가 정중히 인사했다.

"은수를 구해주신 이 은혜는 영원히 잊지 않겠습니다."

우건은 바로 홍대곤과 임재민을 불러 원공후에게 인사시켰다.

"이 두 사람을 받아주시오. 그러면 은혜를 갚은 걸로 치겠소."

원공후가 황당한 얼굴로 물었다.

"쾌영문에서 이 두 사람을 받아주라는 겁니까?"

"자세한 얘기는 첫째가 할 거요."

김은에게 나머지를 떠넘긴 우건은 배웅을 받으며 돌아갔다.

우건은 사실 몸이 좋지 않았다. 장헌상과의 대결에서 외상을 입어 한쪽 다리와 옆구리를 제대로 쓰지 못하는 중이었다.

집에 도착해 진이연이 준 금창약을 상처에 바른 우건은 연공실을 찾아 운기요상에 들어갔다. 운기요상은 다음 날 아침까지 이어졌다. 운기요상을 마친 우건은 2층으로 내려갔다.

조용하던 2층에 활기가 넘쳤다.

어제 야간당직이 있던 수연이 퇴근한 모양이었다.

예상대로였다.

앞치마를 두른 수연이 부엌에서 나오며 물었다.

"밤새 연공실에 있었던 거예요?"

그때였다.

수연이 갑자기 다가와 우건의 몸 여기저기를 살펴보기 시작했다. 입술을 깨문 모습이 뭔가 마음에 들지 않는 듯했다.

아차 싶은 우건은 서둘러 욕실로 걸어갔다. 어제 정신이 없어 구멍이 난 옷을 그대로 입은 상태에서 행공한 모양이었다.

"잠시만요."

우건을 붙잡은 수연이 상처를 가리키며 물었다.

"이 상처는 뭐죠?"

"어제 일이 좀 있었어."

수연은 눈치가 빨랐다.

"혹시 그 일이 은수와 관련 있는 일이에요?"

"맞아."

"그 일이 내가 알면 안 되는 일인 거예요?"

"그건 아니야."

우건은 어제 있었던 일을 간추려 설명했다.

걱정스러운 얼굴로 경청하던 수연이 한숨을 크게 내쉬었다.

"제가 병원에 있는 동안 그런 일이 있었군요. 은수의 마음이 좋지 않겠어요. 아버지가 돌아가신 지 얼마 지나지 않아 그런 일까지……. 어쨌든 일이 잘 마무리돼 정말 다행이에요."

진심으로 은수의 처지를 안타까워하던 수연의 표정이 갑자기 180도 바뀐 것은 그로부터 얼마 지나지 않았을 때였다.

"아참, 그건 그거고 이건 이거예요."

"갑자기 무슨 말이야?"

"가서 얼른 씻어요. 옷도 갈아입고요."

우건이 구멍이 뚫린 옆구리를 만지며 물었다.

"사매가 사준 이 옷은 어떻게 하지? 기워서 입는 게 좋을
까?"

수연이 한심하다는 표정을 지었다.

"그걸 어떻게 기워 입어요."

"그럼?"

"그게 이름이 뭐였죠? 손에서 불 나오는 거요."

"삼매진화?"

"맞아요, 삼매진화. 끔찍하니까 삼매진화로 빨리 태워
없애요."

"알았어."

욕실에 들어가 몸을 씻은 우건은 수연이 지시한 대로 삼
매진화를 일으켜 입은 옷과 속옷, 양말을 모두 태워 없앴
다.

재를 개수대에 흘려보냈을 무렵, 수연이 옷과 속옷을 욕
실에 넣어주었다. 예전에는 수연이 속옷을 가져다줄 때마
다 몸 둘 바를 몰랐다. 그러나 지금은 부부처럼 자연스러웠
다.

새 옷으로 갈아입은 우건을 수연이 거실로 불렀다.

"이리 와서 똑바로 누워요."

"바닥에 누우라고?"

"얼른 시키는 대로 해요."

"알았어."

바닥에 누운 우건이 멀뚱멀뚱 천장을 쳐다볼 때였다. 수연이 우건의 상의를 홱 벗겼다. 우건은 깜짝 놀라 수연을 쳐다보았지만 수연은 별일 아니라는 듯 어깨를 으쓱거려보였다.

"옷을 벗어야 치료를 하죠."

"괜찮아. 금창약을 발랐으니까 곧 나을 거야."

수연이 자기 이마를 짚었다.

"금창약이 얼마나 좋은지는 모르겠지만 이런 상처는 꿰매야 빨리 나아요. 현직 외과의사가 하는 말이니까 좀 믿어요."

못 말리겠다는 듯 고개를 저은 수연은 약상자에서 소독약과 솜을 꺼냈다. 밖으로 드러난 우건의 상체는 상처가 아문 자국이 없는 곳을 찾는 게 빠를 만큼 엉망이었다. 한숨을 쉰 수연은 금창약을 닦아낸 다음, 상처를 다시 소독했다.

"이제 꿰맬게요. 조금 따끔할 텐데 부분마취 해줄까요?"

"괜찮아."

"그럼 지금부터 꿰맬게요. 조금만 참아요."

수연은 현직 외과의사답게 능숙한 솜씨로 벌어진 살을 꿰맸다.

옆구리 상처를 다 치료한 수연은 잠시 머뭇거리는 모습을 보였다. 옆구리 상처는 치료하는 데 불편한 점이 전혀 없었다. 그러나 허벅지에 입은 상처는 그렇지가 않았다. 허벅지를 치료하려면 바지를 벗어야 했다. 이곳이 병원이고 우건이 평범한 환자면 망설일 이유가 없지만 불행히 이곳은 병원이 아니었다. 그리고 우건 역시 평범한 환자가 아니었다.

고개를 돌린 수연이 잦아드는 목소리로 말했다.

"바지도 벗어요."

우건은 잠시 주저하다가 바지를 벗었다. 수연은 침착하기 위해 애쓰는 표정으로 우건의 허벅지에 난 상처를 자세히 살폈다. 다행히 시간이 좀 흐른 후에는 어색함이 사라졌다.

수연이 살펴본 결과, 우건은 허벅지에 있는 큰 혈관이 찢어져 있었다. 다른 사람이었으면 과다출혈로 죽었을 상처였다.

수연은 무인의 능력에 새삼 감탄했다.

우건이 절정에 다다른 무인이 아니었으면 과다출혈로 죽었거나, 치료하더라도 후유증이 남았을 상처였다. 상처를 살펴본 수연은 치료를 서둘렀다. 소독과 봉합을 마친 다음에는 상처치료에 사용하는 연고를 바르고 그 위에 붕대를 감았다.

"이제 바지 입어요."

우건이 바지 입는 모습을 지켜보며 수연이 물었다.

"그런데 혈관은 어떻게 이어붙인 거예요?"

"무슨 말인지 모르겠는데."

"허벅지에 입은 상처는 정말 위험했어요. 의사들이 그런 상처를 수술하려 했으면, 수술실에서 몇 시간은 족히 고생했을 거예요. 그런데 사형은 혼자서 찢어진 혈관을 치료했잖아요."

우건은 그제야 수연이 질문한 의도를 깨달았다.

"운기요상이 몸이 회복하는 속도를 높여주었을 거야."

"운기요상은 내상치료에 쓰는 거 아니었어요?"

"심법이 경지에 오르면 외상치료 역시 어느 정도 가능해. 물론 다리가 잘리거나, 장기에 큰 손상을 입으면 소용없긴 마찬가지지만. 운기요상이 다리까지 만들어주진 못하니까."

오악령이 3성에 이른 수연은 궁금한 점이 많은 듯했다. 그녀는 쉴 새 없이 물었다. 그 바람에 정오가 지나서야 아침을 먹을 수 있었지만 무인의 대화를 나눈 듯해 기분이 좋았다.

식은 국을 데워 아침 겸 점심을 먹은 두 사람은 후식으로 커피를 마시며 새해 풍경을 담은 교양프로그램을 시청했다.

수연이 방송을 보며 감회에 찬 표정을 지었다.

"그러고 보면 시간이 참 빨리 가는 것 같지 않아요? 사형을 만난 게 어제 일처럼 생생한데 그게 벌써 작년 일이네요."

우건은 커피를 마시며 물었다.

"이번 달 말에 시험을 본다고 했었지?"

"용케 기억하는군요."

"시험에 합격한 다음에는 어떻게 하기로 했어?"

수연은 고개를 저었다.

"고민 중이에요. 아직 결정을 내리지 못했거든요."

"사매가 하고 싶은 걸 해. 그게 가장 좋은 거야."

수연은 수줍은 미소를 지었다.

"고마워요."

그날 저녁, 우건은 수연과 쾌영문을 찾아 상심한 은수를 위로했다. 다행히 은수의 표정은 어제보다 한결 나아져 있었다.

한편, 김은에게 사정을 들은 원공후는 홍대곤과 임재민의 입문을 흔쾌히 허락했다. 홍대곤과 임재민은 쾌영문 입문을 허락해준 데 대한 보답의 의미로 새로 모신 사부에게 장헌상 거처에서 훔친 권법과 장법, 심법 세 가지 비급을 바쳤다.

원공후는 뛸 듯이 기뻐하며 한자로 적힌 비급을 우리말

로 해석해 홍대곤과 임재민에게 먼저 가르쳐주겠노라 약속
했다.

홍대곤과 임재민은 간부에게 무공을 배웠지만 비급에 적
힌 어려운 한자를 해석할 실력은 갖추지 못했다. 뜻을 이룬
홍대곤과 임재민은 기꺼워하며 충성을 바치리라 맹세했다.

우건과 수연이 찾아간 날 저녁, 홍대곤, 임재민 두 사람
의 쾌영문 입문식이 열렸다. 우건과 수연은 공증인과 빈객
(賓客)의 자격으로 참석해 두 신입 문도의 앞날을 축복해주
었다.

시간은 유수와 같이 흘러 어느새 2월이 코앞으로 다가왔
다. 수연은 전문의시험 준비로 눈코 뜰 새 없이 바빴다. 또,
탈상한 은수는 소속사가 마련한 새 숙소로 이사를 준비했
다.

양부를 자처하는 원공후 역시 사내가 득실거리는 쾌영문
보다는 소속사가 마련한 새 숙소가 그녀가 지내기에 더 편
할 것이라며 숙소를 옮기는 일에 반대하지 않았다.

새 숙소로 이사하던 날, 은수는 우건과 수연을 찾아와 눈
물을 흘렸다. 헤어지는 데서 오는 섭섭함과 그동안 받은 은
혜에 대한 감사의 의미가 복합적으로 섞인 눈물이었다. 수
연 역시 은수와 정이 많이 들은 듯 돌아서서 눈물을 훔쳤
다.

수연과 은수가 눈물을 흘리며 작별하는 동안, 우건은

쾌영문도와 함께 매니저가 가져온 밴에 그녀의 짐을 차곡차곡 실었다.

은수가 당부하듯 말했다.

"언니, 아저씨 절대 놓치지 말아요."

수연이 얼굴을 붉히며 대꾸했다.

"애도 참. 우린 그런 사이 아니라니까."

"언니 그거 아세요?"

"뭘?"

"언니와 아저씨는 너무 잘 어울리는 한 쌍이에요. 제가 감히 두 분 사이에 끼어들 생각을 하지 못하게 만들 정도로요."

수연이 눈을 귀엽게 흘기며 대꾸했다.

"그만하고 어서 가. 매니저가 화나겠어."

배웅 나온 쾌영문 문도들과 인사를 나눈 은수가 밴에 올랐다. 그러나 헤어지기 못내 아쉬운 듯 바로 창문을 내렸다.

"명절에 꼭 찾아뵐게요!"

눈시울이 잔뜩 젖은 원공후가 고개를 끄덕였다.

"당연하지. 지금부턴 이 쾌영문이 네 집이니까 오고 싶을 때 언제든 오너라. 그리고 못살게 구는 놈이 있으면 언제든 연락하고. 내 전화번호 알지? 그 전화번호로 연락하면 다시는 너를 괴롭히지 못하게 이 양부가 아주 혼쭐을 내주마."

"고마워요."

손을 흔들어 보인 은수가 고개를 돌려 우건을 보았다.

우건은 말없이 고개를 끄덕여보였다. 입술을 살짝 깨물며 무슨 말인가를 하려던 은수는 우건 옆에 서 있는 수연을 보더니 고개를 살짝 숙였다. 그사이, 밴은 삼거리를 벗어났다.

사람들은 인도에 서서 밴이 사라질 때까지 손을 흔들다가 각자의 자리로 돌아갔다. 원공후는 다섯으로 늘어난 제자들에게 무공을 가르치느라 몸이 두 개라도 모자랄 판이었다.

수연은 요즘 시험 준비로 방에서 잘 나오지 않았다. 우건은 우건대로 옥상 연공실에 틀어박혀 장헌상과의 대결에서 얻은 심득을 자신의 무공에 접목하기 위한 수련에 열중했다.

설이 얼마 남지 않았을 무렵, 수연이 전문의 1차 시험에 합격했다는 낭보가 들렸다. 그러나 아직 실기를 평가하는 2차 시험이 남아 있어 축하인사는 다음에 받기로 했다. 우건과 쾌영문 문도는 그저 조용히 마음속으로 응원할 뿐이었다.

2차 시험 당일, 수연의 표정이 썩 좋지 않았다.

다소 긴장한 듯한 모습이었다.

"다녀올게요."

힘없이 인사하는 수연에게 우건이 손을 내밀었다.

"손 좀 줘봐."

수연이 당황해 물었다.

"왜요?"

"줘봐."

수연은 부끄러워하며 손을 내밀었다.

하얗고 긴 손가락이 현관 조명을 받아 눈부신 빛을 발했다.

우건은 수연의 오른손 맥문을 잡아 내력을 밀어 넣었다. 태을혼원심공이 만들어 낸 양기가 수연 몸속으로 흘러들어 갔다.

수연은 태생적으로 음기가 강해 음양의 조화가 잘 맞지 않는 편이었다. 수연이 음공(陰功)을 수련하는 경우라면 음기가 강한 체질이 금상첨화(錦上添花)로 다가올 테지만 지금처럼 시험을 치러야 하는 입장에서는 오히려 좋지 않았다. 강한 음기가 소화기관의 활동을 방해해 머리가 멍할 수 있었다.

기운을 받은 수연의 표정이 전보다 한결 편해보였다.

"고마워요. 몸이 따뜻해지는 기분이에요."

"시험 잘 봐."

수연이 주먹을 쥐어 보이며 웃었다.

"파이팅 할게요."

수연을 배웅한 우건은 옥상 연공실에 들어가 운기행공을 시작했다. 그러나 입정에 드는 데는 결국 실패했다. 입정에 들려는 순간, 수연이 걱정되어 집중력이 계속 분산되었다.

　포기한 우건은 쾌영문에 들러 쾌영문 문도들의 수련을 참관했다. 연무장으로 바뀐 쾌영문 1층에는 은동철 삼형제를 비롯해 이번에 새로 입문한 홍대곤, 임재민 등 다섯 명이 원공후의 지도를 받으며 무공 수련에 한창이었다. 우건은 그들의 수련을 봐주며 무엇이 부족한지, 어떤 점이 과한지 알려주었다.

　우건은 쾌영문 무공에 대해 잘 알지 못하지만 어느 정도 경지에 올라선 무인들은 다른 문파의 무공이라 해도 약점과 강점이 보이는 법이었다. 원공후는 우건의 조언에 따라 쾌영문의 원래 무공과 혈운검이 익힌 무영은둔, 그리고 이번에 장헌상의 거처에서 가져온 비급의 무공을 한데 합쳤다.

　지금은 시작단계에 불과하지만 무공을 합치는 계획이 제궤도에 오를 경우, 쾌영문은 전보다 한 단계 더 성장할 것이다.

　이는 우건이 진이연의 성장을 도운 일과 일맥상통하는 일이었다. 이곳이 중원이라면 우건 혼자 충분했다. 그러나 한국은 사회구조가 워낙 복잡해 혼자서는 적을 상대하지 못했다. 그가 약해서가 아니었다. 무공으로 해결하지 못하는 문제를 해결하기 위해서는 진이연과 쾌영문의 도움이 필요했다.

그날 저녁, 수연이 밝은 얼굴로 돌아왔다. 시험을 잘 본 모양이었다. 그래도 사람 일은 모르는지라, 발표가 날 때까지 조용히 기다렸다. 그렇게 일주일이 지났을 무렵, 연공 중이던 우건은 문자를 하나 받았다. 수연이 보낸 문자였다.

-오늘 저녁 7시에 청담동에 있는 라 돌체 비타에서 만나요.

문자 끝에는 영어가 적힌 웹 링크가 있었다. 이제는 스마트폰 사용법에 익숙해진 우건은 지체 없이 링크를 클릭했다. 라 돌체 비타 위치가 자세히 나와 있는 인터넷 지도였다.

위치를 확인한 우건은 2층에 내려와 시계를 보았다.

저녁 다섯 시였다.

약속시간까지 두 시간이 남아 있었다.

우건은 쾌영문을 찾아 원공후를 만났다.

"레스토랑에는 어떤 차림으로 가야 하오?"

원공후가 영문을 모르겠다는 표정으로 되물었다.

"갑자기 웬 레스토랑입니까?"

"레스토랑에서 누굴 좀 만나야 할 일이 생겼소."

눈치 빠른 원공후가 씨익 웃었다.

"주모님과 데이트하러 가시는군요."

"데이트까지는 아니오."

"에이, 뭐가 아닙니까. 한데 만나기로 한 시간이 언제입니까?"

"일곱 시오."

"이런, 시간이 별로 없군요."

고개를 돌린 원공후가 김은을 소리쳐 불렀다.

"네가 주공에게 여자와 데이트하는 법을 자세히 가르쳐드려라."

김은이 자신감 넘치는 얼굴로 대답했다.

"하하, 잘 찾아오셨습니다. 그런 일에는 이 김은이 전문입죠."

김은은 즉시 우건에게 레스토랑 매너를 가르쳤다.

김은의 가르침을 받은 우건은 집에 돌아와 전에 사둔 양복을 꺼내 입은 다음, 꽃집에 잠시 들렀다가 약속장소를 찾았다.

라 돌체 비타는 고급 레스토랑이었다. 입구에 들어서기 무섭게 양복을 차려입은 웨이터가 다가와 예약여부를 물었다.

"오수연으로 예약했을 거요."

"잠시 기다려주십시오."

예약 장부를 살펴본 웨이터가 자기를 따라오라 말했다.

우건은 시키는 대로 웨이터를 따라 식당 안으로 들어갔다. 잘 차려입은 손님들이 힐끔거리며 우건을 쳐다보았다. 185센티미터 신장에 싸구려 기성복을 이태리 장인이 한 땀한 땀 정성들여 제작한 명품처럼 보이게 하는 균형 잡힌 몸매, 그리고 머리카락을 짧게 잘라 야성적인 분위기를 풍기는 외모가 남자와 여자 가릴 거 없이 그를 주목하게 만들었다.

"이쪽입니다."

웨이터가 창가 자리로 우건을 안내했다. 고맙다는 뜻으로 가볍게 목례한 우건은 웨이터가 알려준 테이블로 걸어갔다.

그러나 테이블 앞에서는 잠시 멈칫할 수밖에 없었다. 그림처럼 아름다운 수연이 그에게 손을 흔들어 보이는 중이었다.

검은색 원피스를 입은 수연은 오늘 약간 화장을 한 상태였다. 수연이 화장한 모습을 거의 보지 못한 우건으로서는 신선한 자극을 받았다. 또, 목걸이와 귀걸이를 착용한 모습이 한껏 차려입은 듯해 가슴이 절로 두근거리기 시작했다.

우건은 떨리는 마음을 애써 가라앉히며 그녀 앞에 앉았다. 힐끔거리며 수연을 쳐다보던 남자 손님과 남자 웨이터들이 한숨을 내쉬었다. 그만큼 오늘의 수연은 정말 아름다웠다.

수연이 우건이 든 꽃을 보며 물었다.

"누구 꽃이에요?"

"당연히 사매거지."

우건은 꽃집에 들러 산 장미꽃 아홉 송이를 수연에게 건넸다.

장미꽃을 받은 수연이 향기를 맡으며 물었다.

"꽃 선물은 사형 생각이에요?"

"아니, 다른 사람에게 도움을 받았어."

"너무 솔직한 거 아니에요?"

"숨길 일이 아니잖아."

맞다는 듯 수연이 고개를 끄덕였다.

"다른 사람이라면 쾌영문 문도 중 한 명이겠군요."

"맞아."

수연이 꽃다발을 테이블 옆에 놓았다.

"다른 사람에게 도움을 받은 것이 뭐가 중요하겠어요. 사형이 줬다는 게 중요하죠. 집에 가면 꽃병에 잘 꽂아둘게요."

"꽃을 좋아해?"

"좋아하진 않지만 받으면 기분 좋은 선물이 꽃인 것 같아요."

수연은 웨이터를 불러 와인과 코스요리를 주문했다.

"오늘은 제가 살게요."

"좋은 일 있어?"

테이블에 올린 팔에 턱을 괸 수연이 귀여운 표정으로 말했다.

"맞춰보세요."

"난 연기를 잘 못하는데."

"왜 연기를 해야 하는데요?"

"사매가 합격했다는 사실을 한 번에 맞히면 재미가 없지 않겠어?"

수연이 도저히 못 당하겠다는 듯 고개를 저었다.

"역시 사형은 속일 수가 없네요."

우건은 진심을 담아 말했다.

"축하해, 사매."

"고마워요, 사형."

"오늘 합격발표가 난 거야?"

"예. 오늘 낮에 확인했어요."

"고생했어. 쾌영문 사람들이 알면 좋아하겠군. 시험을 보는 사람은 사매인데 오히려 그 사람들이 안절부절 못하더라고."

수연이 웃으며 작은 목소리로 속삭였다.

"지금은 우리 둘만 알고 있는 게 좋겠어요."

"어려운 일은 아니지."

수연은 소믈리에가 따라준 와인을 내밀었다.

"우리 건배해요."

"뭐를 위해 건배할까?"

"글쎄요. 음, 태을문을 위해? 아니면, 우리 둘의 건강을 위해?"

"그보다는 사매의 앞날을 위해 건배하는 게 더 낫지 않을까?"

"그런가요?"

"오늘은 사매가 시험에 합격한 날이니까."

"좋아요."

두 사람은 건배한 후에 와인을 한 모금 마셨다.

곧 주문한 코스요리가 나오기 시작했다. 정통 프랑스식이어서 애피타이저와 메인, 그리고 디저트가 격식을 갖춰 나왔다.

수연이 디저트로 나온 파이를 먹으며 물었다.

"이 레스토랑을 예약하는 데 몇 주 걸린다는 거 알아요?"

"몰랐어."

"크리스마스이브처럼 손님들이 몰리는 시기에는 더 힘들어요."

우건은 크리스마스이브에 수연과 외식하기로 약속했던 기억이 떠올랐다. 김진성을 처리하느라 지키지 못한 약속이었다.

"크리스마스이브에 예약한 식당이 여기였어?"

"맞아요."

"실망했겠군. 사매가 고생해서 예약한 식당이었는데."

"괜찮아요. 어쨌든 소원 하나는 이뤘으니까요."

"소원?"

"아, 아니에요."

당황한 듯 어색한 미소를 지은 수연이 화제를 돌렸다.

"전에 합격하면 하고 싶은 일을 하라고 사형이 말했죠?"

"그랬지."

"그래서 이제부터 하고 싶은 일을 하려고요."

"하고 싶은 일이 뭔데?"

"아버지 병원을 다시 열 생각이에요."

"수연의원을?"

"그래요."

"잘 생각했어. 내가 도울 일이 있으면 언제든 말해."

"고마워요."

두 사람은 남은 와인을 마저 비운 후에 식당을 나섰다.

우건은 괜찮았지만 수연은 취기가 올라오는지 조금 비틀
거렸다. 수연을 부축한 우건은 택시를 잡아 수연의원으로
향했다.

뒷좌석에 나란히 앉은 두 사람은 창밖 풍경에 시선을
두었다. 택시의 속도에 따라 도시의 불빛이 늘어졌다가

짧아졌다.

집에 반쯤 왔을 무렵, 우건의 가슴 앞으로 여인의 긴 머리카락이 주렴처럼 흘러내렸다. 고개를 돌린 우건은 그의 넓은 어깨에 기대 새근새근 잠이 든 수연의 얼굴을 볼 수 있었다.

긴 속눈썹과 오똑한 코, 그리고 약간 벌어진 채 달콤한 숨을 내뿜는 수연의 붉은 입술이 불과 30센티미터 거리에 있었다.

그녀가 뿌린 향수와 달콤한 와인향이 뒤섞여 매혹적으로 다가왔다. 모든 남자들이 원하는 상황일 테지만 이 세상에서 단 한 명의 남자만은 지금 상황이 고통스럽게 느껴졌다.

우건은 고개를 돌려 창밖을 보았다.

불빛 사이로 사매 설린의 얼굴이 떠올랐다.

고개를 돌리면 설린의 얼굴을 한, 그리고 설린의 몸을 한 수연이 어깨에 기대 있었다. 그러나 그가 사랑하는 사람은 수연이 아니라, 설린이었다. 수연은 어떤 감정인지 모르지만 그는 아직 사매를 사랑했다. 그리고 절대 변치 않을 터였다.

"다 왔습니다."

택시기사의 말에 택시비를 지불한 우건은 수연을 안아 차에서 내렸다. 수연은 잠이 깊이 든 듯 깨어날 기미가 없었다.

우건은 수연을 등에 업고 수연의원으로 걸어갔다. 아직 2월 초라 날씨가 쌀쌀했다. 우건은 수연이 입은 코트의 깃을 잘 여며준 다음, 태을원혼심공으로 만든 양기로 몸을 덥혔다.

차갑던 수연의 몸에 온기가 조금씩 돌기 시작했다. 우건은 수연이 깰까 싶어 조심조심 걸었다. 수연이 입은 원피스는 재질이 얇아 살갗의 부드러운 감촉을 그대로 느낄 수 있었다.

목을 감은 팔과 등에 닿은 가슴의 감촉은 아찔하기 짝이 없었다. 또, 손이 허벅지에 닿을 때마다 열기가 훅 올라왔다.

우건은 흔들리는 부동심을 잡기 위해 천지조화인심공을 운기했다. 천지조화인심공은 굳이 특정한 자세로 수련할 필요가 없는 신공이었다. 덕분에 열기를 식히는 게 어렵지 않았다.

집에 도착한 우건은 수연의 방에 들어가 그녀를 침대에 조심스레 눕혔다. 코트는 벗겼지만 잠옷으로 갈아입힐 수는 없었다. 원피스를 입은 상태 그대로 수연을 침대에 눕힌 우건은 이불을 잘 덮어준 다음, 불을 끄고 문을 닫았다.

그때, 수연의 나직한 목소리가 들렸다.

"사형……."

우건은 돌아서서 물었다.

"왜? 목말라?"

"아니에요……."

"그럼 이제 쉬어."

나가려는 우건을 수연이 다시 한 번 불렀다.

"사형……."

"왜?"

"잘 자요."

"사매도."

문을 닫은 다음, 잠시 한숨을 내쉰 우건은 연공실을 찾았다.

다음 날, 수연은 아침 일찍 일어나 해장국을 끓였다. 우건이야 숙취랄 게 없었지만 그녀는 오랜만에 마신 술이라 그런지 속이 좋지 않은 듯했다. 아침을 먹은 다음에는 본격적으로 수연의원을 다시 개업할 준비에 들어갔다. 우건과 수연 둘 다 미적거리는 성격이 아니었기에 바로 일을 착수했다.

몇 년 동안 쓰지 않은 탓에 집기가 낡기는 했지만, 먼지나 오물은 전혀 없었다. 수연이 시간이 날 때마다 청소해둔 덕분이었다. 다만, 의료장비는 대부분 교체가 필요했다.

의료장비 가격이 만만치 않아 수연이 방법을 고민할 때였다.

우건은 금괴로 바꾼 돈을 가져와 수연에게 내밀었다.

"이 돈으로 구입해."

수연은 고개를 저었다.

"집을 담보로 은행대출을 받을 생각이니까 괜찮아요."

"은행에 대출받으면 이자를 내야 하지?"

"그렇겠죠."

"내가 주는 돈은 이자가 없는 대출이라 생각해."

수연이 감격한 얼굴로 우건을 보았다.

"고마워요, 사형."

"사매를 위해 이 정도는 해야 사형 체면이 서지."

수연이 우건의 돈을 받으며 개원준비에 속도가 붙기 시작했다.

그 다음으로 큰일은 간호사를 구하는 일이었다.

수연은 먼저 의원 앞에 구인광고를 붙였다.

다행히 다음 날 바로 일하겠다는 사람이 찾아왔다.

20대로 보이는 잘생긴 청년 하나가 의원 안으로 들어와 물었다.

"간호사를 새로 뽑으시나요?"

약장에 주문한 약을 채워 넣던 수연이 반가워하며 일어섰다.

"맞아요."

수연의 미모에 움찔한 청년이 시선을 피하며 물었다.

"나, 남자 간호사도 괜찮으신가요?"

"당연하죠."

대답한 수연이 고장 난 창문을 수리하던 우건을 불렀다.

"사형, 잠깐 와 봐요!"

우건은 장갑을 벗으며 의원 로비로 나왔다.

그때였다.

우건을 본 청년이 허리가 부러져라 90도로 인사했다.

"또 뵙습니다! 그동안 안녕하셨습니까!"

깜짝 놀란 수연이 우건에게 물었다.

"아는 사람이에요?"

"조금."

우건은 청년을 보며 인연이란 참으로 무섭단 생각이 들었다.

## 9장. 개원(開院)

간호사를 하겠다며 찾아온 청년의 정체는 바로 이진호였다.

작년 크리스마스이브에 영제의료원 후계자 김진성은 혈림이란 살수조직에 청부를 넣어 우건을 죽이려 한 적이 있었다.

김진성은 우건을 먼저 살해한 후에 혼자 남은 수연을 차지할 속셈이었다. 한데 우건은 오히려 이를 반격의 기회로 삼아 혈림을 분쇄했다. 그 과정에서 만난 이가 바로 이진호였다.

우건을 죽이려는 시도가 실패로 돌아가는 바람에 잔뜩

겁을 먹은 혈림 림주 혈운검은 우건과 가까운 수연을 사로잡아 협상을 시도할 생각으로 살수 몇을 수연의원에 파견했다.

그때, 수연의원 근처에 오래 살아 이 근방 지리를 잘 아는 이진호가 길잡이 겸 운전수로 동행했다. 그러나 이를 눈치 챈 우건이 먼저 살수가 탄 승합차를 기습해 안에 타고 있던 살수들을 제거했는데, 운전을 하던 이진호는 살수치고는 살기가 짙지 않아 살려주었다. 당시 이진호와의 대화를 통해 그가 혈림에 가입한 시기가 최근이며 원래는 간호대학을 졸업한 간호사지망생이라는 사실을 알아냈다. 우건은 당시 그를 이용해 혈림의 정보를 알아냈다. 물론, 필요한 정보를 다 알아낸 다음에는 약속한 대로 풀어주었다.

한데 그 이진호가 간호사를 하겠다며 수연의원을 찾아왔다.

우건으로서는 인연의 무서움을 깨달을 수밖에 없는 상황이었다. 혈림에서 만난 청년이 수연의원 근처가 고향이라는 사실만도 신기한데 거기에 더해 간호사 면허증까지 소지했다.

그리고 그로부터 얼마 지나지 않아 몇 년 만에 다시 문을 연 수연의원이 간호사를 구하는데 그가 하겠다며 찾아왔다.

그야말로 엄청난 인연으로 도문에서 흔히 말하는 선가(仙家)의 인연, 즉 선연(仙緣)에 해당했다. 변절한 대사형 조광과 이사형 한엽, 그리고 우건과 설린, 송아 모두 사부 천선자와 선연으로 이어진 덕분에 태을문에 입문할 수 있었다.

수연 역시 마찬가지였다. 수연은 우건과 선연이 닿은 덕분에 몇 백 년의 시공을 초월해 태을문 제자로 입문할 수 있었다.

수연이 이진호에게 커피를 건네며 대기실 소파를 가리켰다.

"잠시 앉아서 기다려줄 수 있을까요?"

"예, 괜찮습니다."

이진호가 소파에 앉는 모습을 본 수연이 우건의 팔을 잡아 원장실로 데려갔다. 전에는 수연의 아버지가 쓰던 곳이었다. 그녀의 물건보다는 아버지의 사진과 물건이 더 많았다.

수연이 목소리를 낮춰 물었다.

"저 청년을 어떻게 아는 거예요?"

우건은 사적인 일을 몇 개 제외하면 수연에게 거짓말을 한 적이 없었다. 혈운검과 김진성이 가담한 사건 역시 마찬가지였다. 우건은 수연에게 이진호를 만난 과정을 털어놓았다.

수연인 고개를 절레절레 저었다.

"이상한 인연이네요."

"지금과 같은 상황에선 신기하다는 표현이 더 맞는 것 같군."

"그건 그렇고 그를 어떻게 할 거예요? 채용해요?"

"사부님께서는 이런 선연을 거부하지 말라 하셨지. 결과가 어떻게 나오든 인연을 거스르는 행동은 좋지 않다는 뜻이야. 물론, 원장은 내가 아니라, 사매니까 사매가 결정해야지."

잠시 고민한 수연이 고개를 끄덕였다.

"알았어요. 그를 간호사로 채용할게요."

원장실을 나온 수연이 이진호에게 걸어갔다. 초조한 표정으로 앉아 있던 이진호가 벌떡 일어나 수연의 승낙을 기다렸다.

"이력서와 면허증은 가져왔나요?"

"여기 있습니다."

이진호가 얼른 손에 쥔 이력서와 간호사 면허증을 내밀었다.

수연은 이력서와 면허증을 받아 꼼꼼히 살펴보았다. 사실 이력서에는 별 내용이 없었다. 면허증을 취득하고 난 뒤 얼마 지나지 않아 혈림에 가입한 탓에 실무경험이 거의 없었다.

"좋은 대학을 나왔네요."

이진호가 머리를 긁적였다.

"선생님 눈에 차실 대학은 아닙니다."

"아니에요. 병원에 있을 때 이 대학 출신 간호사들과 일한 적이 많은데, 커리큘럼이 좋아 그런지 평판이 아주 좋았어요."

"제가 그 평판을 까먹을까봐 걱정입니다."

"실무경험이야 차차 쌓으면 되니까 큰 문제는 없군요."

면허증을 돌려준 수연이 손을 내밀었다.

"같이 일하게 되어서 기뻐요. 전 오수연이에요."

"감, 감사합니다. 전 이진호입니다."

수연이 순진한 그의 모습에 미소를 지었다.

"이력서에 적혀 있어서 알아요."

"아, 예."

이진호가 머리를 긁적이며 마주 웃었다.

그러나 이진호의 면접은 거기서 끝나지 않았다.

우건은 이진호를 한쪽에 데려가 물었다.

"이 근처에 집이 있다고 했었나?"

이진호가 긴장한 목소리로 대답했다.

"예. 여기서 한 블록만 내려가면 있습니다."

"혈림을 나온 후에는 어떻게 지냈나?"

"어머니가 하시는 작은 식당에서 일했습니다."

"이 의원을 고른 건 우연인가?"

이진호가 고개를 저었다.

"우연이 아닙니다."

"그럼 이 의원을 고른 이유가 뭔가?"

잠시 고민하던 이진호가 침을 꿀꺽 삼키며 물었다.

"솔직히 말씀드려도 괜찮겠습니까?"

"솔직한 대답을 듣기 위해 묻는 거네."

"그날 혈림에서 제 목숨을 살려주신 후에 많은 생각을 했습니다. 주로 왜 이렇게 바보같이 살았나 하는 후회가 대부분이었지만요. 경찰이 풀어줘서 무사히 집으로 돌아온 다음에는 몇 번이나 이곳을 찾아 살려주셔서 감사하다는 말씀을 드리려 했는데 차마 용기가 나지를 않았습니다. 그러던 중 어제 의원 앞에 붙어 있는 간호사 모집공고를 봤습니다. 마음 같아선 당장 찾아뵙고 싶었습니다. 모집인원은 따로 적혀 있지 않았지만 많이 뽑진 않을 테니까 미적거리면 자리가 없을 것 같았습니다. 그러나 이번에도 용기가 잘 나지 않아 아침까지 고민을 한 후에야 결심하고 이렇게 찾아뵌 것입니다."

우건은 말없이 그의 말을 경청하다가 불쑥 물었다.

"무공을 배우고 싶나?"

"예?"

"무공을 배우고 싶냐 물었네."

"배우고 싶긴 하지만 제게 그런 기회가 있을지……."

"바로 요 앞에 3층 건물이 있네. 쾌영문이란 문파지. 그곳에 가서 내가 소개시켜주었다고 하고 그 문하로 들어가게. 쾌영문주가 무공을 처음부터 다시 자세하게 가르쳐줄 것이네."

이진호가 놀라 물었다.

"정말 그래도 되겠습니까?"

"일에 방해만 되지 않는다면 난 상관하지 않을 것이네."

"감사합니다."

이진호의 인사를 받은 우건은 다시 원장실에 들어가 고장 난 창문을 수리했다. 이진호는 오늘부터 바로 일을 시작했다. 수연을 도와 약장을 채우고 의원 이곳저곳을 청소했다.

6시 정각에 퇴근한 후에는 쾌영문을 방문해 우건의 소개를 받아 왔다는 말을 전했다. 이진호의 근골을 살펴본 원공후는 크게 기뻐하며 그를 문하로 받아들였다. 이미 다섯 명의 제자를 받았지만 이진호의 근골이 가장 뛰어났다. 자기 의발(衣鉢)을 전수하는 데는 가장 안성맞춤인 재원이었다.

수연은 원래 간호사를 두 명 뽑을 생각이었다. 그리고 그 중 한 명은 병원 일에 경험이 많은 수간호사였으면 좋겠다는 생각을 하던 차였다. 한데 그 바람은 바로 이루어졌다.

그 다음 날, 40대 초반으로 보이는 여인이 의원을 방문했다.

원래부터 수연과 잘 아는 사이인 듯했다.

두 사람은 서로를 보기 무섭게 부둥켜안았다.

여인이 붉어진 눈시울을 손수건으로 닦으며 말했다.

"오 선생님 내외께서 살아계셨으면 얼마나 좋아하셨을 지……."

"분명 하늘에서 기뻐하시고 계실 거예요."

"그래, 그럴 거야."

수연이 여인을 소파에 앉히며 물었다.

"그동안 어떻게 지내셨어요?"

그 말에 여인이 한숨을 푹 내쉬었다.

"오 선생님 내외께서 갑작스럽게 돌아가시는 바람에 나 역시 의원을 그만둘 수밖에 없었지. 이곳을 그만둔 후에는 다른 사람 소개로 병원에 취업해 지금까지 그럭저럭 살았 단다."

수연은 여인이 뭔가를 숨기고 있다는 느낌을 받았지만 캐묻지 않았다. 지금은 말하고 싶을 때까지 기다려주는 게 맞았다.

수연이 급히 물었다.

"제가 아버지 뒤를 이었다는 말은 어디서 들으셨어요?"

"내가 일하던 병원에 이번에 전문의시험을 본 선생님이 몇 분 계시는데 시험장에서 아주 아름다운 여의사를 만났 다지 뭐야. 혹시 수연이 아닐까 싶어 물어보았더니 네가 맞더구나. 너는 의대에 다닐 때부터 너무 예뻐서 대학병원에까지 소문이 날 정도였으니까. 레지던트를 어디서 하는지 물어보았더니 영제병원이라는 거야. 그래서 다시 영제병원에 전화해보았지. 그런데 네가 합격한 후에 병원을 그만두었단 말을 듣고 혹시 의원을 다시 열었나 싶어 와본 거야."

"정말 잘 오셨어요."

여인이 가슴을 쓸어내리며 대답했다.

"내가 주책없이 찾아온 게 아닌 것 같아 마음이 놓이는구나."

"왜 그런 말씀을 하세요. 수간호사님은 저희 가족이나 다름없으신데요."

여인이 다시 손수건으로 붉어진 눈시울을 훔쳤다.

"그렇게 말해주니 고맙구나."

"앞으로 저를 도와주실 거죠?"

"그럼 당연하지."

"고마워요. 아 참, 소개해드릴 사람이 있어요."

수연은 이진호를 불렀다.

"이쪽은 내 부모님과 함께 일했던 정미경(鄭美境) 간호사님이에요. 그리고 여긴 이번에 채용한 이진호 간호사예요."

이진호가 꾸벅 인사했다.

"반갑습니다. 이진호라 합니다. 앞으로 많이 가르쳐주십시오."

정미경이 웃으며 대답했다.

"우리 서로 도와가며 잘해 봐요."

그때, 수연이 이진호에게 물었다.

"그런데 사형은 어디 갔어요?"

"주공은 지금 쾌영문에 계십니다. 불러드릴까요?"

"아, 아니에요. 괜찮아요. 그럴 필요 없어요."

정미경이 수연에게 물었다.

"사형이 누구예요?"

수연이 놀라 물었다.

"왜 갑자기 존댓말을 하세요?"

정미경이 혀를 차며 말했다.

"이런, 이런. 이젠 예전에 알던 사이가 아니에요. 전 간호사고 원장님은 의사니까 나이에 상관없이 서로 존중하는 게 예의예요. 전 돌아가신 오 선생님 내외분께 그렇게 배웠어요."

"수간호사님 말씀이 맞아요. 제가 잘못 생각했어요."

"그보다 사형이란 사람이 누구예요?"

"그게 좀 복잡한 사이라서요……."

정미경이 눈을 찡긋하며 물었다.

"혹시 애인이에요?"

수연이 웃으며 손사래를 쳤다.

"아, 아니에요. 오해하지 마세요. 제가 지금 치료와 관련해서 조금 색다른 걸 배우고 있는데 그걸 가르쳐주는 분이에요."

"흠, 점점 더 수상해지는걸."

수연은 식은땀을 흘리며 이진호에게 부탁했다.

"이 간호사가 의원 내부를 좀 구경시켜줄래요?"

"의원 내부라면 이 간호사보다 제가 더 잘 알걸요?"

"그, 그래도요."

수연은 정미경을 떠밀어 강제로 의원 내부를 구경하게 만들었다. 정미경과 이진호가 방사선실로 간 후에야 안도의 숨을 내쉰 수연은 잠시 서서 해가 지는 창문을 바라보았다.

창문 너머에는 문이 닫힌 쾌영문 건물이 있었다.

잠시 후, 쓸쓸한 미소를 지은 수연은 다시 하던 일에 집중했다.

그로부터 며칠 후, 주문한 장비가 들어오며 개원 준비가 모두 끝났다. 이제는 정말 환자를 받기만 하면 되는 상황이었다. 수연은 정식으로 개원하기 전에 그동안 도움을 준 사람들을 초청해 식사를 대접했다. 물론, 대부분 쾌영문 문도였다.

쾌영문 문도들은 원공후의 지시를 받아 수연의원 1층을

현대식 의원으로 완벽하게 개조했다. 전기와 냉난방시스템 구축을 비롯해 보안설비 신설, 의료장비 설치 등 전물기술이 필요한 일을 쾌영문 문도들이 나서서 모두 무료로 해주었다.

수연은 의원 대기실에 상을 놓고 술과 다과를 대접했는데 그동안 우건과 쾌영문 무공을 재정립하느라 쾌영문을 나오는 일이 없었던 원공후는 정미경을 처음 만나는 상황이었다.

"주공, 제가 한 잔 따라드리겠습니다."

원공후가 우건의 술잔에 술을 따랐다. 그러나 시선은 수연, 이진호와 대화를 나누는 정미경에게 가 있어 술이 넘쳐흘렀다.

김은이 술병을 잡았다.

"사부님, 술이 넘치는데요."

"어라."

원공후가 머리를 긁적이며 멋쩍은 미소를 지었다.

"하하, 이거야 원. 원숭이도 나무에서 떨어지는 법이 있나봅니다. 술꾼이 술을 쏟다니 이런 개망신이 어디 있겠습니까."

그 모습을 본 정미경이 걸레를 가져와 쏟은 술을 닦으려 했다.

"제가 닦을게요. 손님들은 계속 드세요."

그때, 원공후가 그녀를 말렸다.

"그러지 마시오. 내가 알아서 닦을 테니까."

정미경이 멈칫하며 물었다.

"어떻게요?"

"이렇게 말이오."

말을 마친 원공후가 자랑하듯 쏟아진 술에 손가락을 대었다.

그 순간, 치익하는 소리가 들리더니 술이 수증기로 흩어졌다. 알싸한 알코올 냄새가 올라오는 가운데 잠시 정적이 흘렀다.

다른 사람들은 별로 놀라지 않았다. 그러나 이런 광경을 처음 목격한 정미경은 화들짝 놀라 거의 엉덩방아를 찧을 뻔했다.

"조심하시오."

긴 팔로 정미경을 부축한 원공후가 은근한 목소리로 물었다.

"괜찮소?"

"팔, 팔부터."

"아, 송구하오."

원공후는 화들짝 놀라 정미경의 팔을 놓아주었다.

팔을 주무른 정미경이 당황한 목소리로 물었다.

"방, 방금 그건 어떻게 한 거죠?"

그제야 정미경에게 잘 보이려는 마음에 실수를 저질렀다는 사실을 깨달은 원공후가 우건에게 간절한 시선을 보냈다.

도와달라는 의미였다.

우건은 일어나서 오른손바닥을 앞으로 내밀었다. 그 순간, 손바닥 위에서 파란색에 가까운 불꽃이 이글거리며 타올랐다.

"삼매진화란 거요. 내력으로 대기의 산소를 태우는 수법이오."

시범을 보인 우건은 담담한 얼굴로 자리에 앉았다. 그러나 속으로는 상당히 흡족한 상태였다. 그 역시 예전에는 삼매진화의 원리를 알지 못했다. 그저 사부에게 배운 대로 반복해 펼칠 따름이었다. 그러나 이곳에 와서 산소란 기체에 관해 배우며 삼매진화의 원리를 어렴풋이 깨달을 수 있었다.

삼매진화는 쉽게 말해 인간의 손을 촛불이나 성냥처럼 만드는 방법이었다. 장심에 양강한 성질의 내력을 집중한 상태에서 촛불을 켜듯 순간적으로 불을 붙이면 내력과 산소가 떨어지기 전까진 알아서 계속 타올랐다.

그러나 흡족해하는 사람은 우건 혼자였다.

다른 사람들은 자기 이마를 짚으며 괴로워했다.

물론, 우건에게 도움을 요청한 원공후의 얼굴이 가장 암담했다.

그 반응은 바로 왔다.

정미경이 손가락으로 우건과 원공후를 번갈아 가리켰다.

"당, 당신들 대체 누구예요? 어떻게 그렇게 할 수 있는 거예요?"

수연이 달려와 정미경을 한쪽으로 데려갔다.

한참 후에 돌아온 정미경은 아직 어안이 벙벙한 모습이었다.

한편, 원공후는 원공후대로 우건에게 놀라는 중이었다.

정미경이 없는 틈을 타 원공후가 제자들에게 물었다.

"방금 주공께서 펼친 삼매진화를 보았느냐?"

제자 여섯 명이 한목소리로 대답했다.

"보았습니다!"

"방금 보여주신 삼매진화야말로 우리 무인이 궁극적으로 원하는 경지이니라. 무릇 내력이라 불리는 기는 형체가 없어 보이지 않는 법이다. 그러나 주공께선 방금 형체가 없는 기를 유형화해 우리 앞에 보여주셨다. 다들 견문이 태평양처럼 넓어졌을 테니 주공께 감사의 인사를 올리도록 해라."

그 말에 여섯 제자가 동시에 일어나 고개를 숙였다.

"가르침에 감사드립니다!"

우건은 가볍게 답례했다.

제자들이 앉았을 때, 원공후는 새삼스런 눈으로 우건을 보았다.

원공후 역시 삼매진화를 펼칠 수 있지만 형체가 없는 무형에 가까웠다. 한데 우건은 손 위에 불꽃을 만들어냈다.

그것도 온도가 가장 높다는 파란색에 가까운 불꽃이었다. 저 불꽃이 자신에게 날아든다면 끔찍하기 이를 데 없었다. 지옥불이 날아드는 기분이지 않을까 짐작할 따름이었다.

돌아온 정미경이 우건과 원공후에게 정식으로 사과했다.

"좀 전 일은 미안했어요."

원공후가 손사래를 쳤다.

"아니오. 오히려 우리가 놀라게 한 것 같아 송구할 따름이오."

잠시 소동이 있기는 했지만 회식은 성황리에 끝났다.

다들 기분 좋게 취해 돌아간 후, 우건과 이진호, 수연과 정미경 네 명이 남아 회식자리를 치울 때였다. 전화를 받은 수연이 문자를 확인하더니 잠시 양해를 구하고 밖으로 나갔다.

문자로 수연을 불러낸 사람은 돌아간 줄 알았던 원공후였다.

수연이 고개를 갸웃거리며 물었다.

"저에게 하실 말씀이 있으세요?"

헛기침을 몇 차례 한 원공후가 의원 안을 힐끔 보며 물었다.

"저 수간호사라는 분은 혼자신가요?"

"예?"

"남편이 있는 분입니까?"

"아이는 없지만 남편은 계신 걸로 알아요."

"아, 그렇군요. 귀찮게 해드려서 죄송합니다."

씁쓸한 음성으로 대꾸한 원공후는 어깨가 축 쳐져 돌아갔다.

수연은 쾌영문으로 돌아가는 원공후의 뒷모습을 잠시 응시하다가 고개를 돌려 회식자리를 치우는 정미경을 지켜보았다.

4년 만에 보는 정미경은 예전과 거의 달라지지 않았다. 정미경은 눈매가 아주 부드러워 차분해 보이는 인상의 미녀였다.

돌아가신 어머니와 정미경이 같이 일할 때는 주변이 환했던 기억이 났다. 어머니가 범접하기 힘든 우아한 기품을 가졌다면 정미경에게는 사람을 편안하게 해주는 따뜻함이 있었다.

원래 정미경은 돌아가신 어머니의 대학후배였는데 수연 의원을 처음 열었을 때부터 함께 일해 수연을 친딸처럼 아꼈다. 더욱이 정미경에게 자식이 없어 더 그러한 면이 있었다.

원공후가 정미경에게 한눈에 반했다는 사실을 눈치 챘지만 그 두 사람은 애초에 이루어질 수 없는 관계였다. 한숨을 내쉰 수연은 의원에 돌아가 회식장소 치우는 일을 도왔다.

다음 날, 수연의원은 새 간판을 올림과 동시에 문을 열었다.

수연의원을 4년 5개월여 만에 다시 여는 순간이었다.

수연의원의 명성은 여전했다. 4년이 훌쩍 넘는 세월 동안 닫혀 있었지만 동네 주민의 건강을 책임진 수연의원은 그 명성 그대로 문을 연 오전 9시부터 환자들이 줄을 잇기 시작했다.

수연은 수간호사 정미경, 간호사 이진호의 도움을 받아 환자들을 진료했다. 그녀는 실력이 뛰어난 의사였다. 원래부터 실력이 뛰어난 그녀였는데 태을문에 입문해 백두심공을 익힌 이후에는 외과와 내과 양쪽 분야에서 모두 두각을 드러냈다.

할머니 환자를 진찰한 수연이 복용할 약을 적어주었다.

"할머니, 약국에 가서 이대로 달라고 하세요. 그럼 속이 좀 편해지실 거예요. 그리고 아들 문제 때문에 너무 속 끓이지 마시고요. 스트레스가 심하셔서 속이 좋지 않은 거니까요."

"고맙구먼."

"고맙기는요."

할머니가 주름 가득한 손으로 수연의 두 손을 잡았다.

"선생님을 보고 있으니까 오 선생님 내외분이 절로 떠오르는구먼. 돌아가신 오 선생님은 친절하시기가 말도 못할 정도였어. 실력은 또 어떻고. 나는 수연의원을 20년 넘게 다녔는데 수연의원이 문을 닫은 후에는 아파도 그냥 참았다우. 다른 병원은 가기 싫었던 게야. 그러다가 오 선생님 따님이 훌륭하게 자라서 수연의원을 다시 열었다는 말을 듣고 일찍부터 나선 길이라우. 의원을 다시 열어줘서 고마우이."

"잊지 않고 찾아와주셔서 제가 더 고맙죠."

처음에는 예전 수연의원을 잊지 않은 환자들이 찾아주었다면 그 다음에는 수연의 실력에 감탄한 환자들이 방문했다. 물론, 수연의 외모 역시 순식간에 동네 화제로 떠올랐다.

전부터 알음알음으로 유명하긴 했지만, 지금은 의원을 찾으면 언제든 수연을 볼 수 있다는 점이 전과 다른 점이었다.

6시에 의원을 닫으면 수연은 바로 우건을 찾아 무공을 수련했다. 특히, 심법에 관심이 많아 주로 백두심공을 연성했다.

수연은 10년 가까이 서양의학을 수련한 양의(洋醫)였지만 기존 지식에 심법을 접목해 실력을 끌어올리는 데 주저함이 없었다.

전이라면 심법과 내력을 사이비라 생각했을 공산이 높았다. 그러나 지금은 눈앞에 심법으로 인간이 할 수 없는 일을 하는 사람이 있는 덕분에 받아들이는 일에 어려움이 없었다.

수연은 백두심공으로 연성한 내력을 우건의 맥문에 밀어 넣어 몸 상태를 살피는 방법으로 진맥하는 기술을 연습했다. 아직 백두심공의 성취가 낮아 CT, MRI처럼 명확하지는 않았지만, 문진이나 촉진보다는 효율이 훨씬 뛰어났다.

우건은 천지조화인심공을 운기하며 말했다.

"어디가 좋지 않은지 찾아봐."

"알았어요."

우건의 맥문을 잡은 수연이 내력을 천천히 밀어 넣었다. 이게 수련이 아닌, 다른 상황이었으면 수연이 우건 몸에 밀어 넣은 내력은 엄청난 공격을 받아 수연을 다치게 했을 것이다.

강물이 바닷물을 침범하지 못하듯, 우건이 가진 강력한 내력은 수연이 연성한 내력으로 감당할 수 없었다. 우건이 내력을 이용해 반격하면 수연의 내력을 흡수하거나, 아니면 강한 힘으로 밀어내 수연을 즉사에 이르게 할 수 있었다.

그러나 지금은 대결하는 게 아니었다. 우건은 수연의 내력이 자신의 몸속에서 활개를 칠 수 있도록 가만히 있어주었다.

눈을 뜬 수연이 기대어린 표정으로 물었다.

"지금은 신장이 좋지 않군요."

"맞았어."

수연이 걱정스러운 목소리로 물었다.

"설마 진짜 신장이 좋지 않은 건 아니죠?"

우건은 피식 웃었다.

"신장을 담당하는 혈맥의 흐름을 불순하게 만들어 두었을 뿐이야."

수연은 우건에게 배운 수법으로 환자를 진찰했다. 진맥으로 환자를 진찰하는 한의사가 있긴 하지만 수연이 쓰는 방법은 차원이 달랐다. 덕분에 환자의 만족감은 갈수록 높아졌다.

어느새 봄이 찾아왔을 때였다.

하루는 이진호가 둘만 있는 자리에서 수연에게 넌지시 물었다.

"수간호사님이 어디 사는지 아세요?"

"그건 왜 알려고 하는 거죠?"

이진호가 당황해 대답했다.

"아, 아니 제가 알려는 건 아니고요. 조금 이상한 게 있어서요."

"뭐가 이상한데요?"

닫힌 문을 힐끔 본 이진호가 목소리를 낮춰 대답했다.

"며칠 전 아침에 출근하다가 수간호사님이 요 아래에 있는 모텔에서 나오는 모습을 우연찮게 봤거든요. 그런데 오늘 아침에도 같은 모텔에서 나오시더라고요. 물론, 두 번 다 혼자셨어요."

"우리가 모르는 사정이 있겠죠. 다른 사람에게는 말하지 말아요."

"알겠습니다."

대답한 이진호가 나가려다가 다시 돌아와 말했다.

"사실 이 내용을 원장님께 말씀드려야 하나 말아야 하나 저 역시 고민이 많았습니다. 제가 왈가왈부할 사안이 아니니까요"

"아니에요. 잘했어요."

"예, 그럼."

이진호가 원장실을 나간 후에 수연은 잠시 한가해진 틈을 타 약장을 정리하는 정미경에게 커피가 든 머그컵을 건넸다.

"쉬엄쉬엄 하세요."

"괜찮아요. 이제 다했는데요 뭐."

정미경이 머그컵을 받으며 돌아섰다.

수연은 같이 커피를 마시며 슬쩍 물었다.

"요즘 별일 없으시죠?"

"별일이요?"

"집안은 모두 평안하시죠?"

잠시 흠칫한 정미경이 애써 미소를 지으며 대답했다.

"그럼요. 모두 평안하죠."

"그렇다면 다행이에요."

수연은 돌려가며 몇 번 물었지만 정미경은 그때마다 명확한 대답을 피했다. 수연은 그녀가 조금씩 걱정되기 시작했다.

수연은 퇴근하면 우건과 상의해봐야겠다고 생각했다.

그때였다.

정장과 운동복을 입은 험상궂은 사내 세 명이 의원 안으로 들어왔다. 그리고 그들을 본 정미경의 얼굴은 금세 새하얗게 질렸다.

한편, 그 시각 원공후는 쾌영문 1층에서 제자들을 가르치며 소일하는 중이었다. 은동철 삼형제와 홍대곤, 임재민 다섯 사람은 원공후와 우건이 같이 만든 쾌영산화수(快影散花手)를 수련했다. 쾌영산화수는 기존에 있던 쾌영십팔수의 위력을 한 단계 끌어올린 수법으로, 쾌영십팔수에 혈운검의 무영은둔, 장헌상의 권각법을 더해 창안한 무공이었다.

땀을 뻘뻘 흘리며 1초 산화만개(山花滿開)부터 16초 화화분분(火花芬芬)까지 펼친 다섯 제자는 사부의 평가를 기다렸다.

그러나 사부는 그들을 보고 있지 않았다. 원공후는 뒷짐을 쥔 자세로 1층 유리창 앞에 서서 수연의원을 바라보는 중이었다.

김은과 홍대곤이 서로를 바라보며 한숨을 쉬었다. 비록 입문 서열로는 김은이 대제자, 홍대곤이 사제자였지만 둘은 나이가 엇비슷해 사부가 없을 때는 친구처럼 지내는 중이었다.

수연의원에 새로 온 수간호사를 짝사랑하다가 차인 원공후는 요즘 멍한 눈으로 수연의원 앞을 바라보는 일이 많았다.

대제자 김은이 보다 못해 물었다.

"저, 사부님?"

그때, 원공후가 돌아서며 고함을 질렀다.

"이런 호랑말코 같은 잡종새끼들을 보았나!"

사부의 갑작스러운 대노에 깜짝 놀란 제자들이 급히 물었다.

"왜 화를 내십니까?"

"제자들이 잘못한 게 있습니까?"

그러나 바람처럼 몸을 날린 원공후는 이미 현관 앞에 가 있어 제자들의 질문을 듣지 못했다. 원공후가 손으로 현관문 손잡이를 돌렸지만 마음이 급해 그런지 잘 돌아가지 않았다.

"이젠 별게 다 지랄이구나!"

버럭 고함을 지른 원공후가 발길질로 문을 날려 버렸다.

문을 날려 버린 원공후가 신법을 펼쳐 수연의원으로 날아갔다.

그 모습을 본 제자들은 황급히 사부의 뒤를 쫓아갔다.

수연의원에 뛰어든 원공후는 눈을 부라리며 주위를 훑었다.

정미경은 로비 바닥에 쓰러져 있었다. 그리고 수연과 이진호는 험상궂게 생긴 사내 세 명을 막으며 뭐라 소리치고 있었다.

원공후는 그 소리가 귀에 들려오지 않았다. 그의 눈에는 하얗게 질린 얼굴로 쓰러진 정미경의 모습만 보일 따름이었다.

"이 새끼들이 감히 여기가 어디라고!"

그대로 몸을 날린 원공후가 번개 같은 발길질을 퍼부었다.

퍽퍽퍽!

발길질에 채인 사내 세 명이 그 자리에서 붕 떠오르더니 열려 있는 의원 문을 통해 인도로 날아갔다. 거침없는 발길질로 사내 세 명을 날려 버린 원공후는 바로 따라가 그중 한 놈의 뒷덜미를 틀어쥐었다. 그사이, 제자들이 도착했다.

원공후가 제자들에게 소리쳤다.

"나 먼저 갈 테니까 나머지 두 놈도 데려와라!"

"예!"

대답한 제자들은 인도 위에 나뒹구는 사내 두 명을 짊어진 채 먼저 쾌영문으로 돌아가는 사부의 뒤를 급히 쫓아갔다.

마지막에 남은 김은이 놀라 따라 나온 수연에게 고개를 숙였다.

"무슨 일인지는 모르지만 저희 사부님이 알아서 하실 테니까 걱정하지 마십시오. 그럼 전 이만 사부님께 가보겠습니다."

김은마저 쾌영문으로 돌아갔을 때였다.

인기척을 들은 수연이 급히 고개를 돌렸다.

뒤에는 옥상에서 연공 중이던 우건이 어느새 내려와 있었다.

수연이 급히 부탁했다.

"사형이 가줄래요? 전 수간호사님 옆에 있어야 해서요."

"그러지."

쾌영문으로 향한 우건은 박살난 문을 통해 안으로 들어갔다.

수연의원에 쳐들어 온 사내 세 명이 벌을 받듯 무릎을 꿇은 자세로 앉아 있었다. 얼굴이 벌게진 원공후가 그런 사내들을 취조하는 중이었다. 손을 쓴 듯 사내들의 얼굴이 호빵처럼 불어 있었다. 저런 입으로 어찌 말하나 싶을 정도였다.

원공후가 씩씩거리며 물었다.

"다시 한 번 말해봐라."

머리를 박박 깎은 사내가 입에서 피를 흘리며 대답했다.

"정, 정미경의 죽은 남편이 우, 우리에게 빚을 졌습니다."

"부군이 빚을 얼마나 졌는데?"

"7, 7억입니다."

"7억? 이런 개새끼들!"

이를 부드득 간 원공후가 제자들에게 소리쳤다.

"놈들의 소지품을 걷어 와라!"

"예!"

복명한 제자들이 사내들의 소지품을 걷어 가져왔다.

원공후는 그중 명함 한 장을 꺼냈다.

우건이 옆으로 걸어가 명함에 적힌 이름을 슬쩍 보았다.

제우스 크레디트라 적혀 있었다.

우건을 본 원공후가 인사하며 물었다.

"뭔지 아시겠습니까?"

"사채요?"

"맞습니다. 염왕채(閻王債)일 겁니다."

중원에서 흔히 사용하는 염왕채란 단어는 염라대왕(閻羅
大王)에게 진 빚이란 뜻으로 지금의 고리대금 사채에 해당
했다.

사내들을 노려보던 원공후가 말을 덧붙였다.

"악질 중에서도 악질 같습니다."

원공후가 머리를 박박 민 사내의 멱살을 틀어쥐었다.

"돌아가신 부군이 졌다는 빚의 원금은 얼마냐?"

"전, 전 모릅니다."

"몰라?"

"그, 그렇습니다. 저, 저흰 대, 대금을 회수할 뿐입니다."

"놈들의 사무실에는 원금이 얼만지 아는 놈이 있겠지."

제자들이 사내 셋을 그들이 타고 온 차에 태워 명함에 적
힌 주소로 찾아갔다. 원공후와 우건은 다른 차에 올라 제자
들이 모는 차 뒤를 따라갔다. 30분이 지났을 때, 제우스 크
레디트란 간판이 달린 2층짜리 낡은 건물이 일행 앞에 나
타났다.

원공후는 사내 셋을 앞세워 건물 안으로 들어갔다.

너구리굴처럼 담배연기가 가득한 사무실 안에 사내 다섯
명이 저녁을 먹기 위해 중국음식을 잔뜩 시켜놓은 상태였
다.

짜장면 랩을 벗겨내던 사내가 벌떡 일어나 물었다.

"넌 뭐야?"

그러나 원공후는 대답하지 않았다.

그 대신 바로 날아올라 사내의 가슴을 걷어찼다.

가슴을 차인 사내가 날아가 철제 캐비닛을 박살냈다.

남은 사내들은 바로 무기를 꺼냈다. 삼단봉과 방망이, 그리고 회칼과 같은 무기였다. 히죽 웃은 원공후는 어서 덤비라는 듯 손가락을 까닥거렸다. 화가 난 사내들이 욕을 하며 달려들었다. 그러나 달려드는 속도보다 나가떨어지는 속도가 더 빨랐다. 모두 한 수에 먹은 것을 토하며 나뒹굴었다.

그사이 우건은 2층으로 올라갔다.

1층에서 투덕거리는 소리를 들은 듯 야구배트와 일본도를 지닌 사내들이 계단을 통해 내려오다가 우건과 마주쳤다. 맨 앞에 있던 사내가 야구배트로 우건의 머리를 후려쳤다.

우건은 태을십사수로 방어와 공격을 동시에 펼쳤다. 그대로 날아오른 사내가 계단 위에 있던 동료 세 명을 덮쳤다. 우건은 쓰러진 사내들을 발로 밟으며 2층 문을 열어젖혔다.

문 옆에 숨어 있던 사내가 회칼로 우건의 옆구리를 찔러왔다.

우건은 회칼을 맨손으로 잡았다.

사내의 눈동자가 찢어질 듯 커졌다.

회칼을 잡은 우건의 손에서는 피 한 방울 떨어지지 않았다.

"이런 씨발……."

욕을 다 뱉기 전에 이미 그의 몸은 붕 떠올라 날아가고 있었다.

## 10장. 머니론더링

　우건의 철혈각에 맞아 날아가던 사내가 공중에서 잠시
멈칫하더니 그대로 공중제비를 돌아 자기 발로 바닥에 내
려섰다.

　무공을 익혀야만 선보일 수 있는 신법이었다.

　그러나 철혈각에 실린 힘은 정종 심법으로 연성한 내력
이었다.

　여력(餘力)에 다시 튕겨나간 사내는 뒤에 있는 책상에 부
딪친 후에야 간신히 멈춰 섰다. 사내가 손으로 입을 틀어막
았지만 손가락 사이로 흘러내리는 피를 전부 막지는 못했
다.

손을 뗀 사내가 피가 흥건한 입으로 물었다.

"누, 누구요? 누, 누군데 우리에게 이러는 거요?"

그때, 뒤늦게 올라온 원공후가 우건 대신 대답했다.

"잔말 말고 가서 정미경 씨 대출서류나 가져와라."

눈을 요리조리 굴리던 사내가 주춤하며 캐비닛으로 걸어
갔다.

우건과 원공후의 눈치를 살피던 사내가 캐비닛을 열어
그 안에 손을 집어넣었다. 손을 넣어 뒤적거리는 모양새가
무언가를 찾는 듯했다. 원공후가 달라는 정미경의 서류일
터였다.

그때였다.

갑자기 돌아선 사내가 손으로 우건을 겨누었다. 사내의
손에는 권총이 들려 있었다. 그러나 우건이 그보다 훨씬 빨
랐다.

우건의 손가락 끝에서 황금색 광채가 번쩍이는 순간, 권
총을 든 사내의 손에 구멍이 뚫렸다. 뒤이어 사내의 비명소
리가 흘러나왔고, 권총은 바닥으로 떨어졌다. 사내는 폐부
를 쥐어짜는 고통과 살아야겠다는 본능 사이에서 갈등하다
가 결국 허리를 굽혀 바닥으로 떨어진 권총을 왼손으로 잡
으려 하였다.

그러나 바닥에 막 떨어진 권총을 누가 발로 지끈 밟았다.
사내가 고개를 들어 권총을 밟은 사람의 얼굴을 보았다. 원

숭이처럼 생긴 원공후가 징그러운 미소를 지으며 내려다보았다. 뒤이어 원공후의 긴 팔이 그런 사내의 뺨을 후려쳤다.

철퍼덕!

바닥에 쓰러진 사내의 입에서 생니 네 개가 튀어나왔다.

원공후가 사내의 머리카락을 잡아 들어올렸다.

"쥐새끼 같은 놈이 감히 우릴 상대로 개수작을 부려!"

"요, 용서해주십시오! 제, 제가 잘못했습니다!"

사내는 이가 빠지는 바람에 잘 들리지 않는 발음으로 빌었다.

그러나 원공후는 그 모습에 감정이 흔들릴 만큼 무르지 않았다.

"새끼야, 더 처맞기 전에 가서 정미경 씨 대출서류나 가져와!"

겁에 질린 사내는 다른 캐비닛을 열어 멀쩡한 왼손으로 서류를 뒤졌다. 이내 피가 묻은 서류 한 묶음을 건넸다.

"이, 이겁니다."

서류를 낚아챈 원공후가 내용을 확인했다.

"지독한 새끼들입니다. 이 새끼들이 연대보증(連帶保證)을 이용해서 정미경 씨 부군에게 사기를 단단히 친 모양입니다."

"무슨 소리요?"

"거머리수법이란 건데 빚을 못 갚는 채무자에게 연대보증을 강요해서 빚을 계속 떠넘기는 겁니다. 이런 수법에 한 번 걸리면 가정 하나 절단 내는 건 우습지요. 심지어는 사돈의 팔촌에게까지 빚이 넘어가곤 합니다. 정미경 씨의 부군은 형의 채무를 보증하다가 놈들의 수법에 걸려든 모양입니다."

"그럼 수간호사님 남편은 빚을 진 적이 없단 거요?"

"말하자면 그렇지요."

"경찰에 신고할 순 없소?"

원공후가 고개를 가로저었다.

"이 지독한 놈들이 그렇게 하게 놔두겠습니까? 경찰에 신고하면 채무자와 보증인을 죽여 버리겠다고 협박하는 일이 다반사입니다. 심지언 가족이 다니는 회사나 학교에 똘마니를 보내, 여자는 사창가에 팔고 남자는 장기를 적출해 버린다고 협박까지 하는 놈들입니다. 지독하기 아주 짝이 없지요."

서류를 넘겨보던 원공후가 미간을 잔뜩 찌푸렸다.

"너 잠깐 이리 와 봐라."

원공후가 부르는 소리에 겁먹은 사내가 주춤거리며 다가왔다.

퍽!

원공후는 다가온 사내의 뒤통수를 후려갈기며 물었다.

"이거 사본이지?"

바닥에 쓰러진 사내가 피가 흐르는 손을 부여잡으며 대답했다.

"그, 그렇습니다."

"원본은 어디 있냐?"

사내가 바로 고개를 저었다.

"모, 모릅니다."

"몰라?"

"저, 저희들은 상부에서 보낸 서류로 대금회수만 할 뿐입니다."

"그 상부가 어딘데?"

"모, 모릅니다."

"그럼 이 사본은 어떻게 받았어?"

"퀵, 퀵으로 옵니다."

"퀵서비스로 대출서류 사본만 온다고? 반송주소는?"

"없었습니다."

원공후가 사내의 머리채를 다시 틀어쥐었다.

"너 내가 호구로 보이냐?"

"정, 정말입니다. 미, 믿어주십시오."

"그럼 무공은 누구에게 배웠냐?"

"별, 별것 아닙니다. 10년 전에 잠깐 배웠을 뿐입니다."

"그래서 누구에게 배웠는데?"

"이, 이 씨 성을 쓰는 분인데 몇 년 전에 돌아가신 걸로 압니다."

"이 새끼는 아주 입만 열면 거짓말이고만."

질렸다는 듯 고개를 절레절레 저은 원공후가 1층에 소리쳤다.

"둘째야!"

잠시 후, 김동이 헐레벌떡 뛰어올라왔다.

"찾으셨습니까?"

"이 새끼 휴대전화하고 컴퓨터 좀 뒤져봐라."

"예."

대답한 김동이 사내의 휴대전화 두 대와 컴퓨터를 살펴보기 시작했다. 한참동안 찾던 김동이 실망한 얼굴로 일어섰다.

"컴퓨터는 깨끗하고 휴대전화에 있는 전화번호는 너무 많아서 그중 어떤 번호가 지시를 내린 곳인지 알아내기 어렵습니다. 못 알아내는 것은 아니지만, 시간이 꽤 걸릴 겁니다."

원공후가 전음을 보냈다.

-들으셨습니까?

-들었소.

-어떻게 하시겠습니까?

-전음을 보낸 걸 보면 뭔가 계획이 있는 듯한데 내가 틀렸소?

−하하, 역시 주공의 눈은 속이지 못하겠군요.

우건과 원공후는 제자들과 함께 제우스 크레디트를 빠져나왔다. 사본 100장을 없앤다 한들 원본이 남아 있으면 소용없었다.

우건 일행은 타고 온 차에 올라 거리를 벗어났다. 그러나 완전히 벗어나지는 않았다. 코너를 돌기 무섭게 다시 차를 세웠다.

원공후가 김동에게 물었다.

"잘 설치했어?"

"제가 누굽니까. 감쪽같이 설치해뒀지요."

"그럼 스피커폰으로 틀어봐."

"예."

김동이 가방에 든 스마트폰을 꺼내 볼륨을 올렸다.

곧 스마트폰에서 2층에 설치한 도청기를 통해 사내의 음성이 들려왔다. 이가 빠진 탓에 발음이 새는 걸 보면 확실했다.

사내의 휴대전화를 검사하던 김동은 원공후의 전음을 받기 무섭게 재빨리 도청장치를 꺼내 탁자 밑에 설치해 두었다.

사내는 부하로 보이는 자들에게 욕을 섞어가며 닦달하는 중이었다. 그리고 닦달이 끝난 후엔 어디론가 전화를 걸었다.

원공후가 만족한 미소를 지었다.

"걸려들었군."

사내는 지시를 받는 상부에 전화를 건 것이 분명했다.

눈치 빠른 김은은 갓길에 세워둔 차를 제우스 크레디트로 몰았다. 차가 채 멈춰 서기 전에 우건과 원공후가 안으로 들어갔다. 원공후에게 호되게 당한 사내의 부하들이 그 자리에 얼어붙었다. 우건과 원공후가 다시 올 줄 모른 듯했다.

그들을 일별한 두 사람은 곧장 2층으로 올라갔다. 사내 역시 부하들과 같은 반응을 보였다. 휴대전화를 든 자세 그대로 얼어붙었다. 번개같이 몸을 날린 원공후가 전화를 끊으란 신호를 해보였다. 침을 꿀꺽 삼킨 사내가 상대방이 물어보는 질문에 몇 마디 대답한 후에 휴대전화를 내려놓았다.

원공후가 긴 팔을 뻗어 책상에 앉아 있는 사내를 끌어당겼다.

"우리가 왜 왔는지 말하지 않아도 알겠지?"

사내가 눈을 내리깔며 대답했다.

"예……."

"방금 누구에게 전화했어?"

사내가 포기한 듯 순순히 대답했다.

"유, 유어스 캐피털이란 곳입니다."

원공후가 틀어쥔 목깃에 힘을 가하며 다시 물었다.

"유어스 캐피털? 진짜야?"

사내가 컥컥거리며 대답했다.

"정, 정말입니다. 그곳에 있는 간부의 대포폰으로 전화했습니다."

"전화해서 뭐라고 했어?"

"물건 회수가 좀 늦어질 거 같다고 보고했습니다."

"자세한 얘기는 했어? 안 했어?"

"아, 안 했습니다. 아니, 못했습니다."

"왜 못했어?"

"물건에 문제가 생기면 그들은 꼬리를 잘라 버립니다."

원공후가 미간을 찌푸리며 물었다.

"그게 무슨 뜻이야? 너희들을 정리해 버린다는 거야?"

"그, 그렇습니다."

"그럼 아까 우리가 찾던 대출서류의 원본은 거기 있는 거야?"

"그, 그럴 거라 생각합니다."

목깃을 잡은 손에 힘을 푼 원공후가 부드러운 목소리로 물었다.

"지금까지는 잘해왔어. 칭찬할 만한 태도야. 그러나 마지막 질문에 제대로 대답하지 않으면 운도 끝나는 거야. 알겠어?"

"물, 물어보십시오. 제가 아는 정보라면 다 말씀드리겠습니다."

"무공은 누구에게 배웠어?"

"그, 그건 정말 모릅니다."

"좀 전에 이 씨 어쩌고저쩌고 씨부리던 게 다 사실이란 거야?"

"그, 그건 아닙니다만…….''

"그럼 진실은 뭔데?"

"저, 저는 원래 사채로 먹고 살았는데 10년 전 쯤에 무공을 익힌 사람들이 찾아와 살고 싶으면 자기들에게 협력하라고 했습니다. 협, 협력하면 살려줄 뿐만 아니라 자기들이 익힌 무공을 가르쳐준다고 했습니다. 전 다른 방법이 없어 그 말을 따를 수밖에 없었습니다. 그로부터 며칠이 지났을 때, 그들이 다시 찾아와 저에게 안대를 씌웠습니다. 그리고 위치를 모르는 곳에 데려가 무공을 가르쳐주기 시작했습니다. 저 외에도 전국에서 온 사채업자가 수십 명이 있었습니다. 그런데 무공을 가르치는 사람들이 모두 복면을 쓰고 있어 그들이 누군지 알아볼 수 없었습니다. 당연히 이름 역시 가르쳐주지 않았습니다. 석 달 동안 감옥 같은 곳에서 숙식하며 무공을 배운 다음엔 다시 안대를 쓰고 돌아왔습니다. 그리고 그때부터 그들이 하는 지시를 따랐습니다."

원공후가 사내를 놓아주며 우건을 보았다.

"이놈이 진실을 말하는 것 같습니까?"

"그런 것 같소."

"그럼 이제 철수할 때군요."

그 말을 들은 사내가 안도의 숨을 짧게 내쉬었다. 그러나 이는 사내의 착각이었다. 원공후는 이대로 떠날 생각이 없었다.

사내를 일으켜 세운 원공후가 집게손가락을 세워 사내의 단전을 찔러갔다. 비명을 지른 사내가 바닥을 데굴데굴 굴렀다.

"협조한 대가로 살려주겠지만 그동안 지은 죄 역시 간과할 수 없기에 단전을 폐하는 처벌로 마무리 짓겠다. 유어스 캐피털에 찾아가 네놈이 다 실토했다고 말할 테니까, 놈들에게 잡히기 싫다면 부하들과 함께 해외에 숨거나 섬 같은 곳에 들어가서 몇 년 동안 쥐 죽은 듯이 지내는 게 신상에 이로울 거다."

눈에 눈물이 그렁그렁 맺힌 사내가 정신없이 고개를 끄덕였다. 유어스 캐피털이 보낸 놈에게 잡히기는 싫은 모양이었다.

원공후는 김동이 설치한 도청기를 떼어 차로 돌아갔다. 그로부터 얼마 지나지 않았을 때였다. 짐을 짊어진 사내와 사내의 부하들이 황급히 차에 올라 남쪽으로 내려가는 모습이 보였다. 원공후가 한 조언을 충실히 이행하려는 모습이었다.

우건과 원공후가 차에 탔을 때, 김동이 노트북을 건넸다.

"보십시오. 이게 유어스 캐피털입니다."

김동이 건넨 노트북 화면에는 10층 건물 전체를 사용하는 유어스 캐피털 본사가 있었다. 위치는 고양시 일산 근처였다.

원공후가 노트북을 치웠다.

"입은 뒀다 국 끓여먹게?"

"죄송합니다. 제가 직접 말씀드리겠습니다."

운전하던 김은이 큭큭거리며 웃었다.

"거봐, 내가 뭐랬어. 사부님은 이런 기계를 잘 모르신다니까."

"이놈이 감히 사부를 능멸해!"

원공후가 손을 올리는 순간, 김은이 자라처럼 목을 움츠렸다.

그때, 김동이 재빨리 나서서 위기에 처한 큰형을 구해주었다.

"유어스 캐피털은 현재 사금융업계에서 독보적인 1등입니다. 전국에 12개의 지사가 있고 직원수도 수천 명이 넘습니다."

"그 회사가 그렇게 컸어?"

"사부님도 아마 텔레비전에 나오는 광고를 보신 적 있을 겁니다."

"보기야 봤지. 야구 볼 때마다 맨날 나오더구먼."

"사금융업 초기에는 일본계 자금이 업계에 판을 쳤지만 이 유어스 캐피털이 등장한 후에는 씻은 듯이 자취를 감췄습니다."

원공후가 고개를 갸웃거렸다.

"그 사금융이란 거 말이야, 불법 아니지?"

"당연히 불법이 아니니까 텔레비전에서 광고를 하겠죠."

"그럼 이자에 제한이 있을 거 아니야?"

"예전에는 66퍼센트였는데 지금은 27.9퍼센트까지 내려갔습니다. 그런데 정부는 그걸 20퍼센트까지 더 낮추려는 것 같습니다."

"이놈들이 사용한 연대보증수법과 협박도 당연히 불법이겠지?"

"그렇습니다."

"전국에 있는 사채업자들을 부하로 둔 사금융업체라는 건가?"

고개를 돌린 원공후가 우건에게 물었다.

"놈들이 합법사업과 불법사업을 동시에 하는 거라 보십니까?"

"지금까지 알아낸 정보에 따르면 그런 것 같소."

유어스 캐피털은 정부의 지침을 어기지 않으며 사업하는 듯 보였지만, 실제론 불법사채업을 동시에 하고 있었던 것이다.

원공후가 김은에게 지시했다.

"우선 유어스 캐피털 본사로 가자."

"알겠습니다."

차가 일산 유어스 캐피털 본사에 도착했을 땐 이미 날이 저물어 있었다. 일행은 차 안에서 대기하며 불이 꺼지길 기다렸다. 그로부터 몇 시간 후, 10층 건물에 정적이 찾아왔다.

본사 주위를 둘러본 원공후가 돌아와 보고했다.

"예상대로 무공을 익힌 놈들이 잔뜩 있습니다."

"속일 수 있겠소?"

"작업을 무사히 마치려면 다른 사람의 도움이 좀 필요합니다."

"내가 하겠소."

우건은 원공후와 함께 유어스 캐피털 본사에 잠입했다. 우건은 월광보를, 원공후는 분영신법을 펼쳤다. 그야말로 유령처럼 어둠 속에 스며들어 지하주차장을 통해 위로 올라갔다.

원공후는 천하에 둘째가라면 서러운 도둑이었다. 힘을 별로 들이지 않고 1층 로비로 들어가는 문을 여는 데 성공했다.

두 사람은 로비에 도착해 어둠에 잠긴 내부를 둘러보았다. 두 명씩 짝을 이룬 순찰조가 플래시를 비추며 돌아다녔다.

원공후가 착용한 안경에 카메라를 달아놓은 덕분에 두 사람이 보는 풍경을 기기를 조작하던 김동 역시 같이 볼 수 있었다.

원공후가 안내판을 보기 무섭게 김동이 이어셋으로 지시했다.

-7층 DB실로 가십시오.

두 사람은 김동의 지시에 따라 즉시 7층으로 올라갔다. 순찰조의 감시를 피해 도착하는 데는 성공했지만 문제는 지금부터였다. DB실 앞에 무공을 익힌 경비원 두 명이 서 있었다.

제압하는 거야 일도 아니었다.

다만, 지금은 일을 은밀히 해치워야 한다는 게 문제였다.

원공후가 주머니를 내밀었다.

-제가 유인할 테니까 주공이 이걸 설치하십시오.

-내가 유인하는 게 낫지 않겠소?

-DB실 스마트키가 두 놈 중 하나에게 있을 텐데, 주공보다는 소매치기를 할 줄 아는 제가 작업하기 훨씬 편할 겁니다.

-알겠소.

우건의 허락을 받은 원공후는 허공에 지풍을 발출했다. 즉시, 두 놈 중 하나가 지풍을 쏜 방향으로 움직였다. 신법이 제법 경쾌한 것이 꽤 오랫동안 무공을 수련한 무인으로 보였다.

원공후는 그 틈에 분영신법을 펼쳐 DB실 문 앞에 혼자 남아 있는 사내 옆으로 접근했다. 혈운검의 무영은둔을 익힌 이후, 원공후의 은신술은 전보다 훨씬 더 은밀해져 있었다. 무영은둔을 익히기 전에도 이미 살수보다 더 은밀한 은신술을 익힌 원공후였지만, 지금은 투명인간에 가까웠다.

사내 옆에 접근한 원공후가 재차 지풍을 발출했다.

사내는 먼젓번 사내처럼 문 주위를 떠나지는 않았지만 소리가 들린 방향으로 고개를 돌릴 수밖에 없었다. 원공후가 발출한 지풍은 그가 평생에 걸쳐 수련해 이제는 쾌영문 비전 중에 하나로 꼽히는 전동도서(轉東盜西)라는 수법이었다.

원래 은신술이란 사람의 뇌에 혼란을 주어 마치 눈앞에 사람이 없는 것처럼 보이게 하는 술법의 일종이었다. 사람의 눈은 지금 시대의 카메라처럼 정확하지 않았다. 뇌의 조종을 받아 뇌를 속이면 당연히 시각 역시 같이 속일 수 있었다. 반대로 시각을 속이면 뇌 역시 같이 속이는 게 가능했다.

그러나 은신술이 무적은 아니었다. 은신술과 다른 무공을 같이 펼칠 방법이 없어 무공을 쓰면 은신술이 바로 풀렸다.

아마 은신술과 무공을 같이 쓸 수 있다면 천하제일인은 살수나 도둑 중 한 명일 터였다. 그러나 그럴 수 없기에 일가를 이룬 고수는 살수나 도둑을 하찮게 여기는 경우가 많았다.

물론 전설상의 경지이기는 하지만, 은신술과 무공을 같이 쓸 수 있는 무공이 아예 존재하지 않는 것은 아니었다. 도문 최고 경지 중 하나인 무형둔검(無形遁劍)은 무형검(無形劍)이 만든 형체 없는 검광 속에 숨어 적을 기습할 수 있었는데, 이 경지에 오른 무인은 지금까지 한두 명에 불과했다.

원공후는 당연히 그런 경지까지 오르지 못했다. 신형을 감춘 상태에서 무공을 사용하면 은신술이 먼저 풀린다는 뜻이었다.

숨는 게 직업인 원공후는 어떻게 하면 은신술을 풀지 않은 상태에서 지금처럼 집을 지키는 경비무사나, 경비견을 다른 장소로 유인할 수 있을지 고민했다. 무공을 쓰면 은신술이 풀리기에 다른 방법을 고민했는데, 처음 생각한 것은 돌이나 나뭇가지를 던지는 방법이었다. 그러나 돌이나 나뭇가지는 소리가 너무 컸다. 이목이 밝은 자들은 돌과 나뭇

가지를 쫓지 않고 소리가 들려온 방향을 바로 수색했다.

이에 원공후가 생각한 방법이 바로 지풍이었다. 내력을 이용해 쏘는 지풍이 아니라, 본신 힘으로 손가락을 튕겨 지풍을 만들어내는 수법이었다. 수십 년 동안 연구해 결국 완성한 원공후는 이 수법에 전동도서라는 이름을 붙였다.

원공후는 전동도서에 속아 고개를 돌린 사내 옆으로 접근해 그가 자랑하는 소매치기 수법으로 스마트키를 슬쩍 빼냈다.

사내가 다시 고개를 정면으로 돌렸을 때는 이미 원공후가 우건 옆에 돌아와 있는 상황이었다. 우건에게 스마트키를 건넨 원공후는 다시 한 번 전동도서를 펼쳐 사내를 유인했다.

한차례 속은 사내는 좀처럼 움직이려 들지 않았다. 원공후는 전동도서의 위력을 높였다. 소리가 너무 작아서 무공을 익힌 무인이 아니면 들을 수 없던 소리가 지금은 모기소리처럼 선명히 들리기 시작했다. 결국, 사내는 전동도서에 속아 DB실 앞을 떠났다. 원공후는 그를 따라가며 계속 전동도서를 펼쳐 우건에게 DB실 문을 열 기회를 만들어주었다.

원공후가 사내 두 명을 모두 유인해가는 순간, 우건은 재빨리 스마트키로 DB실 문을 열었다. 우건에게는 시간이 많지 않았다. DB실 밖에 감시카메라가 있었다. 해킹장비를 빨리 설치하지 않으면 상황실 경비원에게 발각될 위험이 있었다.

DB실 안으로 들어간 우건은 이어셋으로 통보했다.

-안으로 들어왔네.

대기하던 김동이 재빨리 대답했다.

-지금부터 제가 하라는 대로 하십시오. 아주 쉽습니다.

우건은 김동의 지시를 착실히 수행했다. DB실에 있는 데이터베이스 장치에 김동이 준 해킹 툴을 부착했다. 차에서 대기하던 김동이 모니터링하다가 해킹 툴을 제거하란 지시를 내렸다. 우건은 지시대로 툴을 제거한 후에 빠져나왔다.

해킹 툴에 스파이웨어가 들어 있었기 때문에 지금부터 유어스 캐피털에 있는 모든 전자 장비를 김동이 제어할 수 있었다.

김동은 재빨리 DB실에 있는 감시카메라와 도어락 센서 등을 제어해 아무 일 없었던 것처럼 조작했다. 조작이 마무리된 후에는 본격적으로 유어스 캐피털 정보를 다운로드했다.

우건과 원공후는 들어갈 때와 같은 방법으로 본사를 빠져나와 차로 돌아갔다. 김동은 지하주차장과 로비 사이의 문을 감시하는 감시카메라까지 조작해 침입흔적을 완벽히 없앴다.

원공후가 차에 타기 무섭게 물었다.

"어때? 뭐 좀 건졌나?"

노트북을 무릎에 올린 김동이 키보드를 두드리며 대답했다.

"데이터가 어마어마해서 최소 반나절은 필요합니다."

"그럼 우선 돌아가야겠군."

우건일행은 마냥 대기할 수 없어 쾌영문으로 복귀했다. 그러나 모든 이들이 쾌영문으로 복귀하지는 않았다.

다운로드받은 데이터를 분석하기 위해 쾌영문으로 먼저 돌아간 것과는 달리, 원공후는 사정을 알기 위해 우건과 함께 수연의원으로 향했다.

수연과 이진호는 2층에 있었다. 우건과 원공후는 2층에 올라가 걱정스러운 표정으로 앉아 있는 수연과 이진호를 만났다.

우건은 거실 한편에 놓인 여행 가방을 보며 물었다.

"웬 거야?"

수연이 두 사람에게 커피를 내오며 대답했다.

"수간호사님이 그동안 모텔에 사셨던 모양이에요. 혹시 놈들이 그 모텔로 수간호사님을 찾아갈지 몰라 제가 이 간호사를 시켜 수간호사님 짐을 우리 집으로 옮겨왔어요. 이번 일이 끝날 때까지 당분간 우리 집에 모실 생각인데. 괜찮죠?"

"괜찮아."

"고마워요."

원공후가 수연이 건넨 커피를 받으며 물었다.

"수간호사님은 어디 계십니까?"

"많이 놀라신 것 같아 진정제를 놔드렸어요. 지금은 은수가 잠시 머물렀던 빈 방에서 주무시고 계세요. 그보다 갔던 일은 어떻게 되었어요? 그자들이 계속 독촉할 것 같아요?"

우건은 고개를 저었다.

"그전에 먼저 정확한 사정부터 알아야겠어. 당연히 물어봤겠지?"

"당연히 물어봤지요."

고개를 끄덕인 수연이 자초지종을 설명했다.

원래 정미경의 남편은 아주 착실한 사람이어서 부부는 행복한 결혼생활을 유지했다. 다만, 슬하에 자식이 없는 것이 유일한 걱정거리였다. 한데 남편의 형, 그러니까 정미경에게는 시아주버님이 되는 사람은 동생과 정반대의 사람이었다.

형은 어려서부터 사고를 자주 치는 바람에 집안의 골칫거리였는데, 결국 사업을 하겠다며 돈을 빌리다가 사채에까지 손을 댔다. 당연히 사업은 실패했고 사채로 끌어다 쓴 빚은 눈덩이처럼 불어났다.

빚쟁이에게 쫓겨 다니던 형은 타지에서 객사하며 불행한 삶에 종지부를 찍었지만, 그가 남긴 빚은 남은 가족들을 지옥의 구렁텅이로 몰아넣었다. 형을 살려보겠다며 연대보증을 섰던 동생은 집과 가게를 팔아 빚을 갚았지만 이미 배보다 배꼽이 큰 상황이었다.

이에 절망한 동생은 음독자살을 택했다. 그리고 남편이 떠나보낸 슬픔이 채 가시기도 전, 이번에는 빚쟁이가 정미경을 쫓기 시작했다. 정미경은 잘나가는 간호사였지만 하루가 다르게 늘어나는 채무를 감당할 능력이 없었다. 또, 병원에 취직해 다니려하면 오늘처럼 빚쟁이들이 찾아와 행패를 부렸다.

심지어 정미경의 친정 식구와 친구에게까지 찾아가 스트레스가 극에 달했다. 수연의원을 찾아오기 전에도 이름만 대면 알 만한 병원에서 일하고 있었는데 제우스 크레디트라는 곳에서 보낸 깡패들이 행패를 부린 탓에 그만두었다. 그리고 마침내 오늘 수연의원에까지 깡패들이 들이닥친 것이다.

수연이 착잡한 목소리로 설명을 끝냈다.

"신고하면 친정 식구를 한데 모아 생매장시키겠다는 협박까지 들은 모양이에요. 그래서 수간호사님은 이러지도 못하고 저러지도 못해 지금까지 속으로만 끙끙 앓아왔던 것 같아요."

원공후가 콧바람까지 뿜어내며 흥분했다.

"이런 때려죽일 놈들 같으니라고!"

이번에는 수연이 물었다.

"갔던 일은요?"

우건은 오늘 있었던 일을 간략히 설명했다.

다 들은 수연이 한숨을 내쉬었다.

"아직 끝난 게 아니군요."

원공후가 고개를 저었다.

"아직 끝나진 않았지만 곧 끝나게 만들 생각입니다. 전이만 돌아갈 테니 주모님께서 수간호사님을 잘 위로해주십시오."

"오늘 고생하셨어요."

"고생은요. 저에게 수연의원 식구들은 가족이나 다름없습니다."

"그렇게 말씀해주셔서 감사해요."

원공후는 바로 쾌영문에 돌아가 데이터를 분석하는 김동을 닦달했다. 의외로 임재민 역시 컴퓨터를 잘 다룰 줄 알아 어려운 일은 김동이, 쉬운 일은 임재민이 나눠 작업했다.

다음 날 아침, 새벽 연공을 끝낸 우건은 바로 쾌영문을 찾았다.

마침 쾌영문에서도 우건을 부르려던 참이었다.

"잘 오셨습니다."

원공후가 우건을 김동의 방에 데려갔다. 김동과 임재민은 밤을 꼴딱 샌 듯 빨갛게 충혈된 눈으로 두 사람을 맞았다.

원공후가 김동에게 지시했다.

"알아낸 것을 말씀드려라."

"알겠습니다."

김동이 키보드를 조작했다.

"DB에는 유어스 캐피털을 이용한 고객들의 정보와 캐피털이 자체적으로 운용하는 자본 흐름이 모두 들어 있었습니다. 그러나 거기서 불법적으로 거래한 정황은 찾지 못했습니다. 사채를 쓴 사람들의 정보 역시 당연히 찾지 못했습니다."

"그럼 수간호사님의 대출서류 역시 찾지 못한 건가?"

우건의 질문을 받은 김동이 모니터에 새로운 화면을 출력했다.

"처음엔 저희들도 없는 줄 알았습니다. 저희는 놈들이 보안사항을 업데이트하기 전에 정보를 순차적으로 다운하기 시작했는데 정보의 양이 우리가 생각하는 양보다 많았습니다. 쉽게 말해 1테라를 다운받았으면 1테라를 볼 수 있어야 하는데 그중 500기가만 살펴볼 수 있었다는 뜻입니다. 즉, DB 안에 숨겨져 있는 다른 DB가 있었던 겁니다.

저희들은 바로 그 숨겨져 있는 DB를 조사하기 시작했습니다. 놈들의 자체 방화벽이 단단해 꽤 오랜 시간이 걸렸지만 결국 방화벽을 뚫고 숨겨진 DB를 찾아내는 데 성공했습니다."

우건이 다시 물었다.

"사채를 사용한 사람들의 정보가 들어 있었나?"

김동이 고개를 끄덕였다.

"맞습니다. 그 안에서 사채를 쓴 고객의 정보는 물론이거니와 돈세탁을 한 정황까지 찾아낼 수 있었습니다. 놈들은 사채로 벌어들인 수익을 유어스 캐피털 고객에게 대출해주는 식으로 세탁한 겁니다. 처음 한두 번은 추적이 가능하지만 10여 번 반복하면 어디서 나온 돈인지 알아내기 힘들 겁니다."

"수간호사님에 대한 정보를 찾았나?"

"찾았습니다만, 기본적인 정보만 있을 뿐 원본은 찾지 못했습니다. 아마 사채관련 정보는 따로 보관해두는 모양입니다."

우건은 입맛이 썼다.

유어스 캐피털의 불법거래는 밝혀냈지만 정작 이 일을 하게 된 이유인 정미경의 대출서류 원본은 찾아내지 못한 것이다.

원공후가 김동의 뒤통수를 후려쳤다.

"뜸 그만 들이고 방금 전에 알아낸 것을 빨리 말씀드려."

김동이 울상을 지으며 대꾸했다.

"그렇지 않아도 그럴 참이었습니다."

김동이 모니터 화면을 다시 바꾸었다.

"유어스 캐피털은 엄청난 수익을 올리는 중이었습니다. 그들은 그 수익을 부동산과 주식 등에 분산투자하는 중이었는데 그 와중에 사채로 벌어들인 수익 일부가 한곳으로 흘러들어간 정황을 찾아냈습니다. 그러나 너무 은밀한 탓에 그곳이 어딘지 알아내지 못했습니다. 그러다가 방금 전에 방법을 살짝 바꿔보기로 했습니다. DB가 아니라, 유어스 캐피털 직원의 컴퓨터 저장장치를 직접 뒤지기로 한 겁니다. 아주 운 좋게 캐시에 남아 있는 기록을 몇 개 찾아냈는데, 신조농장(申趙農場)이란 곳과 연락한 기록이었습니다. 저희는 다시 자금이 흘러간 위치와 신조농장을 매치해 조사해봤는데 저희 판단으로는 70퍼센트 이상 맞는 것 같습니다."

그때, 원공후가 끼어들었다.

"제 느낌엔 이 신조농장이 유어스 캐피털 배후에 있는 것 같습니다. 아마 수간호사님 대출서류도 그곳에 있을 겁니다."

대부업체와 농장은 전혀 어울리지 않았지만 오히려 어울리지 않는 것처럼 보이기에 가능성이 높아 보이는 상황이었다.

우건은 원공후에게 물었다.

"농장 주소는?"

"당연히 알아뒀지요."

"그럼 짐을 챙긴 후에 바로 출발합시다."

"하하, 역시 화끈하십니다."

각자 짐을 챙긴 우건과 원공후는 김은, 홍대곤 두 명과 신조농장을 찾아갔다. 신조농장은 경기도와 강원도의 경계 지역에 위치했는데, 규모가 커서 담장을 한눈에 다 담기 어려웠다.

복면을 쓴 우건이 차에서 내렸다.

"내가 먼저 들어가서 허실을 탐지해보겠소."

"그럼 저희야 좋죠. 어서 다녀오십시오."

우건은 원공후의 배웅을 받으며 신조농장으로 걸어갔다. 날이 흐려 어두컴컴했다. 월광보를 펼치기에 좋은 환경이었다.

담을 넘은 우건은 농장 안을 살펴보았다. 소똥냄새가 진동하는 외부 우리는 텅 비어 있었다. 가축을 다 내부 축사에 옮겨놓은 모양이었다. 농장 사이사이에 플래시를 든 경비원의 모습을 어렵지 않게 발견할 수 있었다. 눈동자에 정광이 번득이는 모습을 봐서는 수련을 꽤 오래한 자들이었다.

신조농장이 심상치 않다는 원공후의 예상이 맞은 셈이었다.

우건은 경비원 사이를 지나 농장 깊숙이 들어갔다.

농장 한가운데에 10여 채의 건물이 있었다. 그중 조립식 건물은 소나, 돼지를 키우는 축사처럼 보였다. 우건은 소똥 냄새가 덜 나는 건물을 찾았다. 오래지 않아 외벽이 단단해 보이는 2층 건물이 보였다. 건물 사방에는 무기를 든 경비 원이 순찰을 돌거나, 눈에 잘 띄지 않는 장소에 매복해 있 었다.

의심스러운 정황이 충분하다 못해 넘쳤다.

2층 건물 지붕을 통해 안으로 잠입한 우건의 안색이 굳 어졌다.

전혀 생각지 못한 광경이 눈앞에 펼쳐져 있었다.

방에 침대가 있었는데 그 침대 위에 발가벗은 여자가 누 워 있었다. 우건은 가까이 다가가 맥을 짚어보았다. 여자를 처음 봤을 때부터 느꼈지만 예상대로 이미 숨이 끊어진 상 태였다. 오물에 전 시트는 악취가 진동했다. 한데 우건의 시선이 한곳에 멈춰 움직이지 않았다. 바로 여자의 팔뚝이 었다.

팔뚝 안쪽에 바늘자국이 잔뜩 나 있었다. 그리고 팔을 감 은 듯한 흔적이 그 위에 나 있었다. 마약을 한 흔적이 분명 했다.

우건은 2층에 있는 방 열 개를 다 뒤졌다. 젊은 여자 두 명이 발가벗은 모습으로 마약에 취해 누워 있었다. 은밀한 곳이 훤히 드러나 있었지만 가릴 생각을 하지 못하는 상태였다.

우건은 계단을 통해 1층으로 내려왔다. 건물 밖에는 지키는 사람이 있었지만 안에는 마약에 취한 여자들밖에 없었다.

그때, 1층 끝에 있는 방에서 남자가 지르는 신음소리가 들렸다.

우건은 월광보로 접근해 열린 문틈으로 안을 들여다보았다.

막 정사를 끝낸 사내가 옷을 입는 중이었다. 침대 위에는 벌거벗은 채 눈이 풀려 있는 한 여성이 멍하니 누워 있었다.

우건은 잠시 갈등했다. 저 사내를 여기서 처리하면 사내가 나오지 않는 것을 이상하게 여긴 경비원이 들이닥칠 터였다.

우건은 살심을 억누르며 사내가 건물을 나가는 모습을 지켜보았다. 1층에는 방금 사내에게 능욕당한 여자를 포함해 세 명이 있었다. 총 다섯 명의 여자가 건물에 있는 셈이었다.

지붕을 통해 다시 빠져나온 우건은 그 옆에 있는 건물로 향했다. 그 건물은 방금 건물처럼 경계가 심하지 않았다. 문지기로 보이는 경비원 두 명이 문 위에 플래시를 달아둔